TOUT N'EST PAS QUE SOLITUDE

Tout n'est pas que solitude

Couverture réalisée avec l'aide de Canva.

ISBN : 979-10-976562-0-1

Dépôt légal : Avril 2025

À propos

Après des études de Métiers du Livre à Lille, Estelle Lang a préféré les chemins sinueux, à la marge, aux routes toutes tracées. Ayant trouvé sa voie entre montagnes, bibliothèques et librairies, elle a traversé la France comme on parcourt un roman : chapitre après chapitre, du Nord aux contrées du Sud.

Pendant dix ans de déménagements aux quatre coins du pays, elle a vécu au plus près des livres et des paysages qui murmurent des histoires à qui sait les écouter. C'est en travaillant comme libraire, dans les Pyrénées-Orientales et en Aveyron, qu'est née l'envie de raconter à son tour.

Actuellement, elle a posé ses valises au cœur du Cantal, où elle signe ce premier roman. *Tout n'est pas que solitude* est la preuve que l'on peut échapper à la stabilité, mais pas à l'écriture quand l'idée a pris racine.

Estelle Lang

TOUT N'EST PAS QUE SOLITUDE

Pour toi, merci d'être simplement toujours à mes côtés

Et de m'avoir suivie à la trace au fil des années (Petit Poucet oblige)

Ensemble, j'espère que nous continuerons à devenir vieux sans être adultes

À toute ma famille, plus particulièrement à :

Ma mère, parce que c'est ma petite Nini d'amour au soutien indéfectible

Mon frère, parce que c'est ma Bichette d'eau qui mérite tout le bonheur du monde

Parce qu'ils sont l'exception :

À Monique et Dominique, mes extraordinaires beaux-parents, avec toute ma tendresse

À mes amis, avec mention spéciale à :

Zoé, parce que plus de vingt ans déjà

Rémi, parce que c'est à mon tour de te dédicacer un livre

À Max, mon Cabotin et à Tsar, mon grand Bibou sacré

1

Alice parcourait un paysage désolé, là où s'étendait autrefois une forêt. Elle scrutait l'horizon calciné de ses yeux fatigués, mais toujours vifs. Le parfum de la terre brûlée imprégnait l'air. Une sale odeur âpre qui était pour Alice la signature d'un monde dévasté. Elle était seule, mis à part un chien à la traîne, quelques dizaines de mètres derrière elle, épuisé lui aussi. Elle ne savait pas exactement où elle se trouvait, mais cela changeait de la route parcourue jusqu'ici, où la nature était encore florissante par endroits, reprenant ses droits. Ici, tout au sud, tout se mourait lentement, probablement à cause de la chaleur permanente qui ne cessait de broyer tout espoir de renouveau. Les rivières s'étaient desséchées et les grands animaux avaient disparu.

Alice se rappela du temps où elle était encore enfant, quand les promenades avec sa famille, sur les sentiers de la forêt jouxtant sa maison, étaient des moments simples de bonheur et de liberté. Les arbres verts, le ruisseau dont la source ne s'était pas encore tarie et les oiseaux qui chantaient dans les cimes… cela lui semblait presque irréel aujourd'hui. Tant de choses s'étaient passées depuis. Elle savait désormais ce qu'était la peur et n'avait pourtant que seize ans.

Soudain, un bruit lourd et sec déchira l'air, secouant la tranquillité des montagnes au loin. Alice s'arrêta, un frisson lui chatouillant l'échine. Le chien, tendu et nerveux, se figea également, ses oreilles pointées vers le bruit. Une autre explosion retentit, accompagnée d'un grondement qui fit vibrer le sol, et le chien commença à aboyer, les poils hérissés.

Alice regarda autour d'elle, mais la source du bruit restait invisible, comme toujours. Elle avait l'habitude de ces détonations qui résonnaient dans le lointain de temps à autre et déchiraient l'atmosphère comme des échos du passé. Des clans de survivants qui s'entretuaient ? Des hommes qui auraient trouvé un terrain de chasse idéal ? Des coups de feu échangés pour de l'eau ou pour un peu de pain ? De la dynamite ? Que pouvait-il bien se passer là-haut, sur les crêtes éloignées ? Nul n'avait jamais su lui dire ce que ça pouvait être. Ce bruit puissant et menaçant l'inquiétait toujours, et pourtant une partie d'elle aurait aimé s'approcher pour découvrir de quoi il s'agissait.

« Du calme, Max. On continue. »

Elle passa devant ce qui restait d'un ancien village. Certaines maisons étaient désormais des carcasses noircies et noyées dans la cendre. D'autres avaient succombé avant l'incendie, battues par le vent et les intempéries. Il ne restait que des fantômes de ce qui fut. Aucune vie dans les rues, aucune âme dans ces murs, à peine de rares plantes qui parvenaient encore à se frayer un chemin pour trouver le soleil.

Il subsistait pourtant quelques humains, surtout dans les grandes villes d'autrefois, ou au contraire cachés dans de petits hameaux au cœur des vallées ou des montagnes, pour éviter les conflits inévitables dans un monde où la survie était une lutte constante. Combien exactement ? Alice n'en avait aucune idée. Elle en croisait si peu et se méfiait de chaque rencontre. Elle scrutait chaque geste et chaque mouvement des inconnus qui étaient toujours des dangers potentiels. Elle préférait garder ses distances au maximum, comme un animal qui se protège des prédateurs. Les rares visages qu'elle avait rencontrés en chemin étaient toujours marqués, avec des yeux reflétant des abysses de folie ou de désolation, ou les deux.

La violence et la haine, elle n'avait pas eu d'autre choix que de les côtoyer. Les meurtres, les pillages, les cadavres, les cris dans la nuit et tout le reste... Elle s'en rappelait, même si son esprit rongé par les traumatismes essayait de les reléguer au second plan, comme une blessure qu'on préférait ignorer.

Alice continuait d'avancer, le cœur lourd, petite ombre parmi les décombres. Elle se retourna pour voir si Max la suivait toujours, mais le chien s'était arrêté pour flairer le sol. Elle s'approcha de lui et posa une main sur son crâne. Elle se demandait si lui aussi avait cette impression d'être le seul survivant de son espèce. Elle pensa aux autres animaux, qui auraient dû se délecter de l'absence de l'Homme et qui pourtant se faisaient rares. Elle n'avait jamais vu ni renard, ni cerf et personne ne savait pourquoi ils ne proliféraient pas. Heureusement, les oiseaux parcouraient encore le ciel, les lapins creusaient toujours des terriers et elle savait pêcher les petits poissons qui s'agglutinaient dans le fond des quelques rivières pas encore totalement à sec.

Elle regarda le chien à ses côtés, puis l'immensité aride autour d'eux.

« Que reste-t-il à sauver, quand tout est brûlé ? » se demanda Alice à voix haute.

Max leva la tête vers elle et la pencha de côté, semblant s'interroger lui aussi. Et ils repartirent le long de la route, sur cette terre stérile où chaque pas brisait le silence oppressant. C'était durant ces moments calmes qu'Alice sentait les souvenirs remonter à la surface. Elle fermait les yeux pour tenter de chasser ces images figées dans les tréfonds de sa mémoire et qui venaient se superposer à ses pensées, telle une pellicule déformée et distordue, mais impossible à effacer. Même si son cerveau à l'agonie préférait éclipser ces réminiscences douloureuses, elle se souvenait de tout.

2

Un jour, tout avait basculé. Alors que l'eau commençait à manquer, que les gens se battaient déjà pour obtenir de la nourriture, il y a eu une coupure générale. Vraiment générale, sans transition ni retour. Plus d'électricité, plus d'Internet, plus de réseau. Tout avait disparu en un instant, laissant place au chaos. Les gens, désemparés, avaient essayé de s'adapter aux crises qui s'accumulaient, mais la société s'était écroulée en quelques semaines. Tout le monde pensait à un simple dysfonctionnement au départ, un incident mineur qui serait vite résolu, mais rien ne revint à la normale. Et à cette époque où tout dépendait de la technologie - des communications aux services essentiels - cela avait provoqué une réaction en chaîne, plus dévastatrice que quiconque n'aurait pu le prévoir.

Les hôpitaux, déjà saturés et sous pression, avaient été les premiers à s'effondrer. Les respirateurs et autres appareils médicaux avaient cessé de fonctionner, les systèmes d'urgence étaient inopérants et des épidémies s'étaient rapidement propagées. Les services de santé ne pouvaient plus répondre aux demandes croissantes de soins. Les médecins, eux-mêmes victimes de la situation, avaient été dépassés, incapables de sauver ceux qui souffraient de maladies désormais incurables faute de traitements. Les médicaments et les vaccins n'étaient plus produits et les pansements en pénurie. Les hôpitaux étaient devenus en quelques mois des lieux de mort et d'abandon.

L'inquiétude s'était propagée comme un virus : les gens, déjà effrayés, avaient commencé à se barricader chez eux, à se fermer comme des coquilles. Les magasins avaient été vidés en quelques jours et les rues désertées. Il n'y avait plus de transport en commun et les voitures abandonnées rouillaient dehors, faute d'essence, rendant la mobilité difficile.

Les premiers signes de panique avaient donné lieu à des scènes de violence. Ceux qui avaient encore un peu de biens ou de nourriture s'étaient fait attaquer par ceux qui n'avaient rien, par des voisins, des amis, ou même des membres de la famille. La société, qui prônait jusqu'alors un mode de vie individualiste, s'était délitée on ne peut plus vite. Chacun, confronté à la terreur de l'inconnu, s'était replié encore davantage sur lui-même.

Un sentiment d'impuissance avait envahi les villes. Plus de gouvernement, plus d'administration, plus de police, plus de règles. La société avait toujours fonctionné comme un système de chaînes, chaque maillon tenant ensemble l'ensemble du mécanisme. Mais la rupture des infrastructures, la perte de l'électricité et des communications les avait brisées d'un seul coup. Les quelques liens de solidarité restants avaient rapidement cédé la place à un climat de méfiance généralisée. On se surveillait les uns les autres, les portes verrouillées et les fenêtres fermées en permanence. Enfermé chez soi, pris dans la spirale d'un monde devenu totalement déconnecté. Les enfants n'étaient plus envoyés à l'école et plus personne n'osait sortir seul.

Au fil du temps, les humains perdirent leurs proches, trop vulnérables pour survivre, que ce soit face aux maladies ou aux attaques. Les plus fragiles furent les premiers à mourir et ceux qui restaient se retrouvèrent seuls dans un monde devenu hostile. Pour finir, c'est la loi du plus fort qui devint la norme. Parfois, de petits groupes se formaient, se dispersaient ou se renforçaient suivant les besoins. Souvent, ils se transformaient en clans qui pillaient et saccageaient le peu qui subsistait.

Petit à petit, les immeubles en ruine, les centres commerciaux abandonnés et les routes délaissées étaient devenus les témoins silencieux du monde d'avant. L'ancienne société n'était déjà plus qu'une illusion, une époque révolue que l'on finirait par raconter aux enfants, comme une fable.

Dans leur petit village aveyronnais, Juliette et Leonardo avaient su garder la tête haute. Ils faisaient partie de ceux qui avaient eu la chance de ne pas être trop impactés. Ils avaient trouvé refuge dans la solidarité de leurs voisins, partageant les ressources, s'entraidant. Mais même dans cet environnement protégé, les effets de la coupure se faisaient sentir. Les rations alimentaires se réduisaient parfois à peau de chagrin et la menace du monde extérieur s'intensifiait. Bien que protégés par leur communauté, ils ne pouvaient ignorer les rumeurs qui circulaient à propos des villes voisines, où la violence et le désespoir faisaient rage. Ils savaient que le danger guettait et qu'il fallait être vigilants.

Leonardo était né à Gérone, en Espagne, dans une famille ouvrière et il avait grandi en apprenant à faire face aux difficultés de la vie. Dès son plus jeune âge, il s'était forgé un caractère indépendant, solide et était devenu un homme d'action plus que de mots. Sa famille, bien qu'ancrée dans les traditions, l'avait encouragé à partir à la découverte du monde. Il n'avait pas été très loin, passant simplement la frontière pour se retrouver en France, où il enchaîna plusieurs petits boulots durant sa jeunesse. Il était tombé sous le charme des Pyrénées-Orientales, où il avait décidé de poser ses valises un temps, à Estagel plus précisément. Au départ, il rénovait des maisons, avait appris ce qu'était la vie sur les chantiers. Puis il avait travaillé comme ouvrier agricole et viticole et participait à l'entretien des terres et des cultures. Cela lui plaisait, lui permettait de garder une connexion avec la nature.

Ce fut lors des vendanges qu'il rencontra Juliette, une belle jeune femme au chignon toujours défait, aussi blonde que lui était brun. Juliette était née dans l'Aveyron, avec ses paysages sauvages, et elle avait toujours porté en elle un amour profond pour ses racines. Elle avait quitté sa terre natale pour la saison, pour s'ouvrir et s'épanouir, cherchant quelque chose qu'elle n'arrivait pas encore à définir.

Ils firent rapidement connaissance, l'alchimie entre eux semblait naturelle. Juliette commença à parler de sa région à Leonardo, du petit village où elle aimerait s'installer, à la fois ni trop proche ni trop éloigné de sa famille. Elle lui raconta ses souvenirs d'enfance dans la vallée, ses moments passés à la ferme, la vie des paysans qu'elle portait dans son cœur et qu'elle chérissait malgré ce côté parfois austère. Et durant le calme des longues journées de travail ou dans la chaleur des soirées passées au coin du feu, Leonardo tomba amoureux d'elle. Il était impressionné par cette petite femme qui n'avait que faire des villes, mais qui était animée par ce lien et cet ancrage avec ses origines. Et dans cet amour pour la terre, Leonardo se reconnut et se sentit aussi chez lui.

Ainsi, lorsque Juliette s'en retourna, il la suivit en Aveyron, avec l'espoir de bâtir une vie commune. Ils s'installèrent dans une vieille maison isolée, au cœur de la vallée entourée de forêts et de champs, au bout du village que Juliette avait repéré. Leonardo, avec ses mains rugueuses d'ancien manœuvre, se mit à réparer les vieux murs et à renforcer les structures pour qu'elles puissent résister au temps. Très vite, il apprit à apprécier le calme et la vue apaisante des montagnes qui se dressaient au loin.

3

Juliette et Leonardo avaient perçu le vent du changement souffler avec une intensité croissante. Ils n'étaient pas naïfs, les signes étaient là, évidents, trop souvent ignorés par ceux qui croyaient que rien ne pourrait jamais leur arriver de leur vivant. Dès les premiers signes de la crise, lorsque l'on commençait tout juste à parler restrictions des denrées et pénurie d'eau, ils avaient pris des dispositions : ils s'étaient mis à cultiver de nombreux fruits et légumes. Le jardin, autrefois orné de fleurs, s'était transformé en un potager luxuriant. Carottes, tomates, haricots, pommes de terre et courgettes poussaient en abondance et chaque saison apportait sa récolte. Ils avaient également planté des arbres fruitiers et s'étaient lancés dans l'élevage de poules et de cochons, en espérant que ces efforts leur garantiraient une certaine autonomie alimentaire si le besoin se présentait. Chaque matin, il fallait nourrir les animaux et ramasser les œufs frais, ainsi que ce qui était assez mûr pour en faire un repas. Le récupérateur d'eau de pluie ne suffisant pas, il fallait parfois passer l'après-midi entier à aller chercher de l'eau en quantité à la source de la forêt.

Sentant la marche du monde s'envenimer encore avant même l'effondrement, ils avaient rempli une armoire à pharmacie avec quelques médicaments basiques, des bandages et un stock de pilules contraceptives. Même s'ils ne possédaient pas d'antibiotiques, cela pourrait toujours être utile pour soulager certains symptômes. De plus, Leonardo avait soigneusement préparé des affaires de survie dans un débarras caché derrière une grande armoire : des sacs de couchage, des bougies, des lampes dynamo, des provisions non périssables…

Puis, quand survint la coupure générale, Juliette et Leonardo s'étaient retrouvés dans une sorte de bulle, à l'écart. Leur petite maison en bordure de village était devenue leur abri, un sanctuaire dans un monde qui se dissolvait lentement autour d'eux. À son apogée, le village abritait environ quatre-cents habitants, une communauté soudée où tout le monde connaissait tout le monde. Mais au fil des mois, à mesure que la vie devenait plus rude et le monde extérieur incertain, le village avait été peu à peu abandonné. Les familles partaient vers des destinations inconnues, à la recherche de leurs proches vivant ailleurs ou simplement pour voir si la situation était généralisée. Au bout de deux ans, pas même une dizaine de personnes habitaient encore sur place. Aucun jeune n'était resté, seuls les plus âgés n'avaient pas voulu partir.

Autrefois vibrant de vie, le village n'était désormais plus que l'ombre de ce qu'il avait été. Perdu au fond de la vallée, il s'étendait en un enchevêtrement de maisons de pierre grises, dont les toits en ardoise étaient désormais fissurés. Les chemins pavés, soigneusement entretenus par le passé, étaient envahis par la végétation et les herbes sauvages qui reprenaient lentement possession du territoire. La place principale, longtemps animée par le marché où les habitants échangeaient des biens et des nouvelles, paraissait figée dans le temps. Quelques étals de bois pourrissaient à côté de bancs usés. Les fenêtres des maisons abandonnées avaient été murées avec des planches et tout était devenu silencieux, excepté lorsque le vent s'engouffrait dans les ruelles en chuintant.

Juliette et Leonardo avaient toutefois choisi de rester. Après tout, ils avaient déposé l'ancre ici et s'en sortaient, même si tout cela leur apparaissait parfois futile. Et puis, ils n'étaient pas tout à fait seuls. Environ une fois par mois, ils rendaient visite aux parents de Juliette qui vivaient dans le village le plus proche, tout de même situé à une vingtaine de kilomètres. Il comprenait une pharmacie, une grande ferme collective et même une épicerie où les gens se rassemblaient pour faire du troc. Le couple marchait jusque là-bas, passait généralement la nuit sur place, avant de repartir le lendemain avec des sacs de provisions, des denrées et autres produits ou médicaments. Leonardo appréciait beaucoup ses beaux-parents et admirait leur résilience : ils acceptaient la situation du monde sans broncher, ne se plaignaient jamais et refusaient même de quitter leur village pour venir vivre chez eux, car « on n'est pas encore impotents », comme ils aimaient le répéter. Les parents de Juliette, de leur côté, traitaient Leonardo comme leur fils, lui qui n'avait plus de nouvelles de sa famille espagnole depuis bien longtemps.

Le reste du temps, dans leur village en déclin, Leonardo et Juliette s'entendaient bien avec les voisins qui restaient. Raymond et Rose, un vieux couple de cultivateurs dont ils étaient proches, vivaient dans une maison qui se distinguait par une ancienne porte en chêne, en excellent état, comme si elle n'avait jamais connu l'usure. De petits volets en bois pendaient à leurs fenêtres, à moitié sortis de leurs gonds. Leur toiture, bien que couverte de mousse, tenait encore bon. Au nord de la place principale vivait les Fraysse, d'anciens commerçants. Leur maison était située directement à côté de l'église, dont les vitraux brisés laissaient désormais passer les rayons du soleil, comme pour réchauffer la nef à l'intérieur. Plus au sud s'étaient installés Thomas et Benjamin, dit Ben, les plus jeunes. Tous deux célibataires de respectivement trente-cinq et quarante ans, l'un charpentier et l'autre maçon. Enfin, au bout de la rue principale, en bordure du village, se trouvait la dernière maison avant les marais, celle de Marilyn. Ancienne infirmière, c'était elle qu'on consultait pour le moindre souci de santé. Cela ne semblait pas déranger la femme âgée aux longs cheveux d'un gris argenté qui lui donnait une allure de vieux sage. Sa maison était l'une des plus grandes et la vieille dame, ayant toujours eu la main verte, mettait tout son cœur à l'embellir avec un jardin d'agrément rempli de fleurs en tout genre. Marilyn continuait comme si rien n'avait changé et s'acharnait contre les ronces et les herbes folles qui envahissaient les haies, avec ses gestes lents, mais précis.

Au village, il y avait de longs jours sans aucun contact, où le silence étouffait le moindre son et où l'absence d'électricité et de réseau rendait chaque tâche quotidienne plus difficile. Il n'y avait plus aucun moyen de communiquer, plus de téléphone, plus de télévision, pas même une radio. Les rues du village n'étaient que des lieux de passage où l'on ne s'attardait pas et les informations sur le monde extérieur ne provenaient que des rares nomades qui passaient à proximité. C'était eux qui apportaient les nouvelles des grandes villes, des événements qui secouaient le pays ou des rumeurs qui circulaient, en échange d'un repas chaud, d'un toit pour dormir ou d'un morceau de jambon fumé à emporter.

Un soir d'hiver, Juliette et Leonardo étaient assis sur les marches du perron, après avoir passé la journée à s'affairer pour réparer un vieux barbelé qui entourait la maison. Leonardo passait son temps à renforcer la sécurité de ce qu'il appelait leur « nid douillet », à s'assurer de le rendre inaccessible aux inconnus et facilement défendable en cas de besoin. Il avait conscience que le danger rôdait partout, même dans les endroits les plus reculés.

Lorsqu'un bruit de pas rompit leur instant de paix, Leonardo se dressa. C'était Raymond qui s'approchait d'un air grave, portant un énorme manteau qui masquait clairement quelque chose.

« Bonsoir », lança-t-il d'une voix rauque.

Leonardo s'essuya la main droite sur son jean et la lui tendit.

« Bonsoir Raymond. Qu'est-ce qui t'amène ? »

Raymond s'avança tout en glissant son bras sous le manteau pour en sortir un fusil de chasse qu'il déposa sur la petite table d'extérieur. Il le toucha doucement, comme s'il caressait un vieux souvenir. Leonardo haussa les sourcils.

« C'était le fusil de M. Pommard », expliqua Raymond. « Vous vous souvenez de lui ? Il est décédé peu de temps après votre arrivée au village. J'ai retrouvé ça en allant fouiller dans son grenier. »

Leonardo hocha la tête.

« Je vois... Mais pourquoi tu me l'amènes ? »

Raymond soupira, en se frottant le visage.

« J'ai pensé que ça pourrait vous être utile. Avec tout ce qui se passe, tu sais... Les temps sont durs, et ça risque encore de se compliquer. J'ai... je sais pas combien de temps ça va tenir ici. Et je me disais qu'un fusil comme ça, ça pourrait vous protéger, au cas où. »

Il marqua une pause avant de reprendre.

« Et puis, M. Pommard ne reviendra pas le chercher, ça c'est sûr ! Je vais peut-être retaper sa maison, Rose dit que rien ne nous empêche de posséder deux baraques, alors autant se faire plaisir... Mais j'vais pas garder ce fusil alors que j'en ai déjà un. Je te laisse une bonne dose de cartouches avec, c'est cadeau. J'ai une machine dans l'atelier pour les fabriquer moi-même. J'préfère prévenir, ça fera un beau trou, c'est pour du gros gibier, chevreuil… ou autre. »

Leonardo fixa l'arme pendant un moment. Il n'en avait jamais utilisé. Il tuait lui-même ses cochons en les assommant à la masse puis en les égorgeant et attrapait ses poules pour leur couper la tête à la hache, mais jamais il n'avait posé le doigt sur une gâchette.

« Je ne sais pas si on en aura besoin... mais je suppose que tu as raison. Ça ne peut pas faire de mal d'en avoir un chez soi. Merci, Raymond. »

Le vieil homme se contenta d'un bref hochement de tête avant de s'éloigner.

Leonardo examina l'arme qui avait l'air en bon état, bien qu'elle fût un peu rouillée par les années. Contre des animaux ou même des intrus, cela ferait l'affaire. C'était un fusil de chasse classique, à deux coups. Leonardo le cassa en deux pour le charger.

« Tu penses que c'est une bonne idée ? » demanda Juliette, qui s'était rapprochée.

« Je pense qu'on n'a plus vraiment le choix, ma douce. La situation pourrait bien devenir de plus en plus dangereuse et la peur peut pousser les gens à faire des choses qu'on n'aurait jamais imaginées. On ne peut pas toujours compter sur les autres pour nous protéger. »

Juliette hocha la tête, essayant d'apprivoiser l'idée. Elle savait que les choses finiraient par empirer, elle pressentait au plus profond d'elle-même que la situation dégénèrerait un jour ou l'autre. La coupure, les pénuries, la montée en puissance de la violence... Tout cela lui pesait lourdement.

« Gardons-le au-dessus du buffet, accessible et caché à la fois. »

Leonardo acquiesça.

« Oui. Et on s'entraînera avec. Il faudra que tu saches t'en servir, toi aussi. Si on peut éviter la violence, tant mieux, mais parfois, c'est la seule option. »

La nuit tomba sur le village et le couple rentra se coucher devant l'insert, leur chambre étant encore trop froide pour s'y déshabiller. La simple lueur de la cheminée créait une intimité reposante et le crépitement du bois offrait une mélodie réconfortante, enveloppant la pièce d'une chaleur qui contrastait avec la fraicheur de l'air extérieur. Leonardo et Juliette, d'abord emmitouflés dans des couvertures épaisses, se rapprochèrent, cherchant la chaleur de l'autre dans ce cocon de douceur. Leonardo regarda sa femme, les yeux brûlant d'un désir à la fois calme et puissant. Juliette, allongée contre lui, sentit son souffle chaud caresser sa peau, tandis que ses doigts effleuraient doucement sa nuque, traçant des lignes invisibles sur sa peau, avant de descendre lentement jusqu'à son épaule. Elle leva les yeux vers lui, un sourire aux lèvres, son regard pétillant sous la lumière vacillante du feu. Leurs mains se cherchèrent, glissant sous les couches de tissus et de laine. Les baisers, d'abord légers, devinrent plus pressants et plus intenses. Un frisson parcourut le corps de Juliette tandis qu'ils se serraient, fusionnant dans un élan silencieux de tendresse. Le temps semblait suspendu, comme si rien n'existait plus que cette étreinte. Sur les murs, les flammes dansaient doucement, projetant des ombres langoureuses et semblant vouloir suivre la cadence de leurs deux corps qui se mêlaient naturellement pour s'aimer à l'abri de l'hiver.

Leonardo avait su s'habituer à la quiétude et à la solitude qui s'étaient installées depuis que le village avait commencé à se vider, à perdre ses habitants les uns après les autres. Mais pour Juliette, il y avait toujours eu cette tension sous-jacente, comme un fil tendu prêt à céder à la moindre secousse. Une peur qui planait au-dessus d'elle et plongeait parfois en piqué au-dedans d'elle. Et trois ans après que l'électricité s'était coupée pour ne plus jamais revenir, elle eut un choc qui la plongea dans une grosse dépression. Une femme du village voisin débarqua pour leur annoncer que la ferme collective avait été pillée, la pharmacie vandalisée et les maisons incendiées lors d'une attaque qui avait duré presque deux jours, le temps que ces barbares repartent avec tout ce qu'il était possible d'emporter. Il y avait eu des morts et des blessés, dans les deux camps. Quasiment tous les survivants avaient décidé de déserter le village, n'ayant pas la force ni le moral de tout reconstruire au même endroit. Quant aux parents de Juliette… ils demeuraient introuvables. Personne ne les avait vus s'enfuir et nul ne pouvait garantir s'ils étaient encore en vie ou non.

Suite à cet évènement, Leonardo avait vu sa femme sombrer lentement. Un discret naufrage mental. Il avait tout essayé : la soutenir, lui parler, la convaincre qu'il y avait encore des raisons de vivre… rien ne fonctionnait. Ses mots se perdaient dans le vent. Au final, ce qui aura eu raison d'elle, ce n'était pas la perte de confort et de biens matériels, ni les jours où elle ne mangeait pas à sa faim, ni le manque d'eau certaines journées d'été trop chaudes, ni la fin des réseaux, mais bien l'absence de sa famille. Ses parents représentaient à eux-seuls tout son ancien monde et ils n'étaient plus là.

Juliette n'était plus celle qui s'occupait du jardin, qui cultivait les légumes avec soin ou qui veillait à ce que la maison soit en ordre. Elle était devenue une silhouette absente, une ombre qui se laissait couler pour disparaître. Elle restait parfois prostrée des jours entiers, sans bouger, oubliant même de se laver. Elle ne parlait plus beaucoup et ses réponses étaient courtes ou dénuées de sens. Elle pouvait se mettre à pleurer sans raison apparente, au beau milieu d'un repas, les larmes coulant sur ses joues tandis qu'elle regardait fixement son assiette, sans vraiment voir ce qu'elle mangeait. Il lui arrivait de se promener complètement nue dehors, marchant au hasard, comme si elle avait perdu l'esprit et le sens commun. Pour elle, la réalité de la vie n'avait plus de signification.

Leur maison était devenue un lieu oppressant, presque étouffant. Les yeux de Juliette, si vifs il y avait peu de temps, étaient désormais rougis, vides, complètement absorbés par un tourbillon de désespoir qui prenait peu à peu racine dans sa chair. Elle errait comme un spectre sans but ni volonté et Leonardo ne savait plus quoi faire, ni comment l'aider. Il n'osait pas la forcer ni lui imposer quoi que ce soit, de peur d'aggraver les choses. Chaque matin, lorsqu'il se réveillait, il espérait que celle qu'il chérissait depuis tant d'années soit redevenue elle-même. Mais les journées se succédaient et la situation se détériorait de jour en jour. Il la voyait s'éloigner toujours un peu plus.

Une nuit, Leonardo s'était mis au lit après avoir effectué une ronde pour vérifier la sécurité des alentours. Il avait attendu, mais Juliette n'était pas venue le rejoindre. Il la chercha d'abord dans toutes les pièces de la maison puis à l'extérieur. Il l'appela plusieurs fois, terriblement inquiet. Enfin il la trouva, là, au bout du jardin, sous le marronnier qu'ils avaient planté ensemble lors de leur emménagement. Elle était assise, à peine habillée, adossée au tronc de l'arbre comme une poupée de chiffon abandonnée. Leonardo sentit son cœur vriller. Le sang battait dans ses oreilles alors qu'il courait vers elle, son corps tout entier crispé par la terreur. Il l'attrapa brusquement et la fit basculer dans ses bras pour la soutenir fermement contre son torse. Il cria son nom, mais n'eut en retour qu'un gémissement.

« Juliette ! »

Il la secoua avec force. Elle était glacée, les lèvres bleues et tenait quelque chose dans sa main. Leonardo lui ouvrit la paume et récupérera un flacon vide. Il savait d'où cela provenait. L'armoire à pharmacie… Juliette avait ingéré jusqu'au dernier comprimé de la petite bouteille. Heureusement,

Leonardo l'avait trouvée rapidement, elle était encore consciente, même si elle semblait confuse et somnolente. Il posa son index et son majeur sur sa carotide pour écouter son pouls. Son rythme cardiaque était faible, mais il pouvait quand même sentir les pulsations. Un cri de soulagement s'échappa de ses lèvres alors qu'il la serrait contre lui, incapable de réaliser ce qui venait de se passer.

Il la porta à l'intérieur de la maison, la coucha sur le canapé, la couvrant de couvertures pour la réchauffer. Ses mains tremblaient, mais il se concentra, et ne sachant pas quoi faire d'autre, il enfonça ses doigts au fond de sa gorge pour la faire vomir. C'est tout ce qu'il pouvait faire pour la ramener vers lui. Elle était son univers, son équilibre dans ce monde de ténèbres et il ne pouvait pas la perdre à jamais.

Juliette recracha les pilules en même temps que de la bile, ce qui rassura Leonardo. Il se dit que si son état se stabilisait, il n'irait pas embêter Marilyn au beau milieu de la nuit pour avoir des conseils. Les minutes passaient, lentes comme des heures. Il se penchait régulièrement sur elle, collant son oreille contre son cœur pour écouter les battements. Ils étaient là, perceptibles à travers sa chemise de nuit.

« Juliette ! Je t'en prie, parle-moi… »

Elle ne répondait toujours pas, mais son souffle faible s'accélérait peu à peu. La chaleur de son corps revint, lentement. Finalement, elle rouvrît les yeux et murmura d'une voix presque inaudible, les lèvres tremblantes :

« Je ne veux plus, Leonardo. Je ne peux plus... »

Il soupira en lui caressant le visage. Elle était saine et sauve.

5

Les jours suivants furent un parcours du combattant, aussi bien pour Leonardo que pour Juliette. L'esprit de celle-ci était perdu dans un espace entre la réalité et le vide, tout près de la folie. Elle se laissait toujours engloutir par les pensées négatives et il était difficile de trouver les mots pour la consoler. Elle acceptait néanmoins que son homme prenne soin d'elle, la nourrisse, la garde en vie. De son côté, Leonardo se sentait coupable. Il s'en voulait de ne pas avoir compris à quel point sa femme allait mal. Il avait été attentif, mais pas assez pour imaginer le gouffre qui s'ouvrait sous elle. Il savait qu'il ne devait rien lâcher, ne pas l'abandonner dans ses moments de faiblesse. Il devait être fort, plus que jamais.

Deux semaines après la nuit où il l'avait retrouvée dehors contre l'arbre, une idée germa en lui… une idée folle. Il n'avait certes pas de solution miracle ni de remède contre la dépression qui dévorait sa femme, mais il savait une chose : Juliette avait besoin d'une nouvelle raison d'exister, d'un objectif pour aller de l'avant. Et si, peut-être, l'espoir pouvait renaître dans une nouvelle vie ? Ou plus exactement, en créant une nouvelle vie ?

La première fois qu'il évoqua l'idée, Juliette le regarda comme s'il était devenu fou.

« Un enfant… ? avait-elle murmuré, les yeux écarquillés. Mais nous vivons dans un monde qui se meurt. Comment est-ce que je pourrais... ? »

Leonardo savait que son projet paraissait absurde, voire déraisonnable, mais il persista, car il sentait au fond de lui que c'était la seule manière de ranimer sa Juliette.

« Je sais que ça semble insensé, mais fonder une famille pourrait nous permettre de nous reconstruire, de bâtir quelque chose ensemble, en dépit de toute cette cruauté dehors. »

Il la regardait droit dans les yeux, avec une intensité que Juliette n'avait pas vue depuis longtemps. Elle détourna le regard, fixant le sol comme si elle cherchait une réponse dans les fissures du vieux parquet. Elle s'était mise à pleurer silencieusement. Elle savait ce que cela signifiait : un nouveau commencement, un nouvel élan. Mais elle savait aussi que cela demandait de la force et du courage qu'elle n'était pas certaine d'avoir.

Leonardo la connaissait par cœur. Il avait compris qu'il avait créé une brèche et que Juliette réfléchissait déjà à sa proposition. Il profita de l'occasion pour lui rappeler tout ce qu'ils avaient traversé ensemble, tout ce qu'ils avaient préservé. Il lui parla de l'amour, du besoin qu'ils avaient de se relever, de leur capacité à tout surmonter, de se battre même lorsque tout semblait vouloir les écraser. Et après quelques jours de réflexion, de tergiversation et de moments d'hésitation, Juliette finit par accepter. Elle se laissa emporter par cette petite étincelle que Leonardo allumait en elle. Abandonnant la contraception, elle tomba rapidement enceinte.

Les mois qui suivirent furent comme une lente remontée vers la surface. Tout d'abord malade, fatiguée et réticente, Juliette finit par se lever seule, se nourrir davantage, reprendre soin de son apparence et participer à l'entretien de la maison. Même s'il y avait encore des instants où elle doutait de sa capacité à être mère dans un monde aussi incertain, elle retrouvait peu à peu son énergie et sa lumière. Il y avait quelque chose de doux et d'apaisant dans cette nouvelle attente.

Tout le village fut mis au courant de la situation et Raymond organisa pour ses chers voisins une petite fête réunissant tous les habitants. La nouvelle ravissait tout le monde, personne n'osa juger leur décision audacieuse, trop contents de revoir Juliette qui était restée si longtemps enfermée chez elle.

Leonardo couvrait sans cesse sa femme d'attention. Il faisait des efforts supplémentaires pour la soulager, pour l'accompagner et la rassurer. Voir son ventre s'arrondir peu à peu le terrifiait et l'enchantait à la fois. Ils allaient avoir un enfant. Un enfant ! Quelle folie ou quel bonheur, il ne savait plus.

Le jour où Juliette perdit les eaux, le soleil était haut dans le ciel. Elle avait de la chance, car devoir donner naissance à la lueur des bougies et de la lampe dynamo l'avait souvent stressée. Leonardo se précipita alors chez Marilyn. Même si elle n'était pas sage-femme, le couple s'était naturellement tourné vers l'ancienne infirmière pour le suivi de la grossesse.

« Marilyn ! C'est pour maintenant, Juliette est en train d'accoucher ! »

Ils traversèrent tout le village ensemble en trottinant et chaque voisin sortit de sa maison respective pour les regarder passer, comprenant bien ce qui se tramait. À l'intérieur de la maison, dans la chaleur qui régnait, Juliette se tenait accroupie, le corps tremblant de douleur. Des perles de sueur brillaient sur son front, tandis que son regard humide reflétait l'agonie des contractions qui secouaient son ventre.

Marilyn s'installa en face d'elle, le regard bienveillant. Elle ne portait ni gants stériles, ni masque, ni blouse, rien de ce qu'on aurait autrefois jugé indispensable. Seulement ses mains, tachetées par les années et l'expérience, et un vieux châle qu'elle avait drapé autour de ses épaules. Elle accompagna Juliette jusque dans le lit avec l'aide de Leonardo, puis la gratifia de paroles réconfortantes et de conseils simples, mais qui avaient fait leurs preuves.

« Respire profondément, Juliette », dit-elle avec douceur. « Laisse ton corps faire ce qu'il sait faire. »

Juliette hocha la tête, serrant la main de Leonardo avec force. Elle n'aurait jamais cru que la douleur pouvait être aussi vive. Ses dents grinçaient alors que les vagues de souffrance la submergeaient, mais au fond d'elle, elle se sentait prête à tout. Le monde pouvait bien être en train de crever, elle, elle pouvait encore donner la vie.

Leonardo, à ses côtés, lui égrenait des mots doux chuchotés dans une langue que seul l'amour complice pouvait comprendre. Il ne pouvait rien faire d'autre que l'encourager, son propre cœur battant à un rythme effréné. Il entendait à peine Marilyn s'adresser à Juliette :

« Encore quelques poussées, puis tu pourras te laisser aller et te reposer. Continue comme ça, tu t'en sors très bien. »

Le cri d'un oiseau solitaire perça le silence du dehors, et à l'intérieur Juliette y répondit par un hurlement plus profond, presque animal, comme une offrande à ce monde brutal qui ne laissait plus de place à la tendresse. Son corps, ce temple exténué, poussait la vie hors de lui et elle sentit enfin le moment de libérer cet être qui avait grandi en elle.

Une heure plus tard, les mains encore tremblantes, Leonardo tenait le bébé qui pleurait entre ses bras. La pièce était illuminée d'un éclat étrange, du moins était-ce l'impression de Juliette qui les regardait tous les deux, le visage baigné de larmes et la tête contre l'épaule de son homme. Marilyn avait nettoyé l'enfant avec un petit linge et une bassine d'eau, soulagée que tout se soit déroulé sans incident. Elle observa le nouveau-né, fragile mais vivant.

« Bienvenue, petit ange », murmura-t-elle, un sourire effleurant ses lèvres abîmées, avant de s'éclipser discrètement hors de la maison pour laisser le couple tranquille et avertir les voisins.

C'était une petite fille. Les parents n'eurent pas besoin de se concerter, ils savaient déjà tous deux quel serait son prénom.

« Alice », susurrèrent-ils à l'unisson en la dévisageant.

Et c'est ainsi, après avoir traversé un abîme de désespoir, de chagrin et d'angoisse, que Juliette trouva un nouveau souffle et un nouveau sens à sa vie.

6

Leonardo, soulagé de voir sa femme se redresser, se sentait de plus en plus confiant dans son rôle de père. Il ne regrettait rien, au contraire. Son lien avec Juliette s'était renforcé et ils redécouvraient ensemble des plaisirs simples comme des moments à jouer ou à rire avec la petite. La joie sur le visage d'Alice permettait d'effacer les ombres du passé. Les parents apprirent à quel point la patience était une qualité essentielle pour élever un enfant et ils s'assistaient mutuellement dans cette tâche. Et puis, ils n'étaient pas seuls : leurs voisins leur apportaient des plats et offraient leur aide, créant un véritable cocon de soutien. Thomas, le charpentier, s'était pris d'affection pour la petite et lui avait même construit une balançoire. Lors des soirées passées à discuter autour d'un verre, Juliette avait retrouvé peu à peu son côté sociable et Leonardo, plus serein, pouvait enfin relâcher la tension et profiter.

La famille avait trouvé un équilibre et partait presque chaque jour à l'aventure. Alice découvrit que la forêt, si on y prêtait attention, regorgeait de vie et de mystères. Ses parents lui enseignèrent les secrets de la nature : les plantes comestibles, les différents arbres, les constellations, les champignons à éviter. Ils lui montrèrent aussi comment nager plutôt que barboter dans l'eau de la rivière dans laquelle se jetait le ruisseau de la forêt. Leonardo lui apprit comment observer les animaux, tandis que Juliette lui racontait des histoires du temps passé où les villes étaient peuplées, où l'eau potable coulait des robinets et où les gens faisaient leurs courses. Alice, les yeux écarquillés, écoutait avec fascination et pouvait ensuite rester allongée sur son lit pendant des heures, plongée dans son imagination.

Un jour, lors d'une énième promenade dans les bois, Raymond accompagnait Leonardo. Ils avaient du mal à suivre la petite qui bondissait en tous sens.

« Ça fait plaisir de voir Alice si épanouie », commença Raymond en désignant la fillette du menton.

« Oui, elle grandit vite et elle est débrouillarde. Je veux qu'elle sache apprécier la beauté tout en restant prudente. Qu'elle soit consciente qu'il peut y avoir des dangers, même ici », répondit Leonardo, un brin sérieux.

Raymond hocha la tête. « Je vois. Et Juliette ? Elle a l'air d'aller beaucoup mieux. Je me souviens des jours où elle ne sortait plus, ça a dû être sacrément difficile à vivre. »

Leonardo acquiesça. « Oui, mais aujourd'hui elle peut passer des heures dehors avec sa fille à cueillir des baies ou nourrir les poules. Qui l'eut cru ? »

Les deux hommes rirent, conscients que la famille et l'amitié étaient des trésors inestimables sur cette planète qui se vidait petit à petit de ses êtres humains.

« Tu sais, Alice est une exception. Il paraît qu'il y a très peu d'enfants nés après la coupure. Il y a même un terme que les nomades utilisent pour les désigner », reprit Raymond.

« Les enfants de l'enfer, oui, je sais. J'ai entendu plusieurs fois cette expression… C'est plutôt lourd de sens », répliqua Leonardo en fronçant les sourcils.

« Eh bien, faut bien dire que ces enfants sont nés dans un monde violent et dépeuplé qui n'a rien d'un paradis », expliqua Raymond.

Leonardo réfléchit un instant.

« Je comprends ce que tu veux dire. Mais je préfère voir Alice comme un symbole d'espoir. Elle aura son propre chemin à tracer. Elle n'est pas définie par les ténèbres de ce monde, mais par la lumière qu'elle apporte. »

Raymond sourit, appréciant cette perspective.

« Avec un père pareil, faudra pas s'étonner si ta gamine devient poète ! »

En grandissant, Alice devenait de plus en plus curieuse, sa soif de connaissance la poussait à tout explorer. Sa vie était rythmée par le chant des oiseaux et la brise dans les feuilles. La forêt était devenue son refuge, un endroit où chaque jour apportait une nouvelle leçon. Cela aurait pu continuer longtemps ainsi, mais c'était sans compter un tournant imprévisible. Quand elle eut six ans, une surprise inattendue fit irruption dans sa vie et celle de ses parents.

En effet, un matin d'automne, alors que Juliette s'apprêtait à cueillir des légumes dans le jardin, elle se sentit soudainement terriblement fatiguée. Ce n'était pas étonnant ni inhabituel : les journées étaient longues, la nourriture parfois trop maigre et le travail sans fin. Mais cette fatigue était différente. Elle était plus profonde, plus étrange, accompagné d'une sensation de lourdeur et de nausée qu'elle avait déjà ressentie auparavant. Juliette comprit instinctivement. Elle s'arrêta net, lâcha le panier encore vide, son cœur battant plus fort. Elle savait que ça finirait par arriver, elle avait écoulé depuis longtemps son stock de pilules, après tout. Mais l'idée d'être à nouveau enceinte la frappa comme un choc. Elle n'avait pas prévu cela. Elle avait presque espéré que son corps soit devenu stérile. Et pourtant, tout semblait indiquer le contraire.

Le soir, Leonardo entra dans la cuisine alors que Juliette préparait à manger. Elle n'avait pas encore trouvé les mots. Elle se retourna et le fixa longuement, ne sachant par où commencer. Puis, enfin, elle brisa le silence en se tâtant le ventre, ne voulant pas tourner autour du pot.

« Un autre bébé. Encore un enfant... »

Leonardo resta figé un instant, encaissant l'impact de ces mots avec une étincelle d'incrédulité dans les yeux. Puis il s'avança, s'adossa contre le poêle et prit la main de Juliette dans la sienne. Il n'eut pas besoin de dire grand-chose, ils se comprenaient depuis longtemps sans avoir à parler pour communiquer.

La petite Alice, en apprenant la nouvelle, réagit avec enthousiasme. Elle avait toujours été très proche de sa mère, mais elle était ravie de devoir bientôt la partager avec un petit frère ou une petite sœur. Pendant neuf mois, elle s'impliqua pour aider Juliette dans toutes les petites tâches quotidiennes : elle veillait à la culture du jardin, participait à la préparation des repas et donna un coup de main à son père pour réaménager sa chambre, afin de faire de la place pour le futur bébé.

La grossesse fut plus douce que la précédente, mais l'accouchement plus difficile. Marilyn se tenait à nouveau à son poste, près de Juliette qui peinait à trouver un rythme et dont les contractions s'intensifiaient, chacune plus forte que la précédente. Sa respiration, entrecoupée de gémissements, trahissait la lutte qu'elle menait. Marilyn ajusta les couvertures puis vérifia la dilatation du col. Juliette se concentrait, mais le temps s'étirait, chaque minute se transformant en heure, chaque heure se prolongeant comme une éternité. La fatigue commençait à se faire sentir.

« Va chercher Leonardo, je veux qu'il soit près de moi ! » siffla-t-elle entre deux poussées.

Le père attendait à l'extérieur de la maison avec Alice, même si cela n'empêchait pas la petite d'entendre les hurlements de sa mère et de s'inquiéter pour elle. Il prit sa fille dans ses bras, traversa la rue pour la déposer chez Thomas et repartit en sens inverse pour se rendre au chevet de sa femme. Finalement, après des heures de travail laborieux, Juliette rassembla ses dernières forces et poussa avec toute l'énergie qui lui restait. C'est ainsi qu'un petit garçon en bonne santé vit le jour.

Marilyn accueillit le bébé avec soin, essuyant doucement son visage avant de le poser contre la poitrine du père. Sans perdre un instant, elle enfila un fil dans une aiguille et, d'un geste assuré, s'appliqua à refermer la déchirure créée par l'accouchement. Concentrée, elle s'affaira avec précision, les sourcils légèrement froncés. Juliette serra les dents, le corps encore tremblant des efforts fournis, ses cheveux collés à sa peau pâle. Un petit cri emplit la pièce : Leonardo avait emmailloté le bébé dans une couverture chaude et déposé un baiser sur sa joue, encore couverte de l'odeur organique de la naissance. Ils l'appelèrent Lucas.

Plus tard, Alice s'approcha, d'abord un peu intimidée, avant de se pencher délicatement au-dessus du nouveau-né.

« Petit frère », chuchota-t-elle plusieurs fois dans le creux de la minuscule oreille, en caressant doucement la tête couverte de fins cheveux doux.

7

Le monde avait continué de tourner et Alice et Lucas venaient de fêter respectivement leur seizième et leur dixième anniversaire. La grande sœur avait des yeux verts dans lesquels on décelait du jaune, pétillants de vivacité, ainsi que de longs cheveux blonds qui lui tombaient jusqu'en bas du dos et qu'elle n'attachait jamais. Fougueuse, parfois impulsive, elle était devenue une jeune femme sensible, douce et forte à la fois. Son esprit rêveur s'inspirait de la littérature - ses parents possédaient une bibliothèque avec des recueils de poèmes et de vieux livres récupérés il y a bien longtemps - et de la musique. Elle aimait écouter les voisins chanter d'anciens refrains lors des soirées d'été et jouer d'une vieille guitare qu'ils se prêtaient. Elle était svelte, capable de ne rien manger pendant trois jours sans avoir faim, ce qui rendait ses parents fous car ils pensaient qu'elle se privait pour leur laisser sa part. La nature l'enivrait toujours et elle passait beaucoup de temps à observer les étoiles, courir dans la forêt ou admirer la beauté d'un paysage. Elle aimait beaucoup les chiens et s'occupait presque tous les jours de Zaïre, la chienne Beagle du couple Fraysse.

Alice se disait souvent que le bonheur était peut-être simplement un enchevêtrement de petits moments fugaces qui, au premier abord, n'ont pas l'air si importants : contempler un petit lac du sommet de la montagne près du village, se baigner dans une rivière, s'amuser avec son frère, faire la sieste dans les branches hautes du magnolia… Elle montait aux arbres avec une facilité déconcertante et n'aurait pas été plus douée avec des griffes ou des ventouses en guise de mains. Un vrai félin. Mais parfois, une furieuse envie lui prenait, qu'elle avait du mal à faire taire : celle de découvrir autre chose que son petit village natal toujours serein. Il y avait des jours où elle se demandait si la vie ailleurs ne serait pas meilleure et, même si elle aimait profondément sa famille, il arrivait qu'elle juge ses parents lâches de ne jamais avoir voulu s'aventurer plus loin. Elle rêvait de s'enfuir pour parcourir de nouveaux paysages, découvrir d'autres terres à fouler, et pouvoir revenir, radieuse, annoncer à sa famille qu'elle avait trouvé un éden où la survie ne serait plus une préoccupation. Le monde tel que ses parents l'avaient connu avait été balayé par les crises successives qui ont suivi la coupure générale. Alice, faisant preuve de maturité précoce, avait conscience de cette réalité disparue. Elle avait été bercée par les histoires que lui racontait sa mère, des jours où l'eau coulait à flots et où des marchés pleins de vie étaient organisés dans les villes.

Lucas, lui, ne connaissait que la lutte quotidienne pour la survie. Les épreuves de cet univers rude et la peur de la famine qui rôdait l'avaient forcé à mûrir trop vite. Il s'était forgé une personnalité calme et posée. Il ressemblait beaucoup à son père, avec ses cheveux mi-longs noirs comme des plumes de corbeaux et ses yeux bleu lagon entourés de cils épais. Il était assez chétif pour son âge, de petite taille, comme si ce triste monde constituait un lourd fardeau dont le poids sur ses épaules l'avait empêché de grandir. Lucas n'avait pas l'énergie bouillonnante de sa sœur, mais ils avaient des points communs sur bien des aspects : il était attentif, déterminé, parfois téméraire, doué d'un excellent sens de l'orientation, aimait apprendre et comprendre ce qui l'entourait. Comme Alice, il n'avait jamais connu le monde d'avant, et peut-être était-ce pour cela qu'il appréhendait tout avec une curiosité insatiable. Il ne se séparait jamais d'un vieux dictaphone qui fonctionnait encore grâce au stock de piles que son père avait amassé. Il y enregistrait ses observations, comme un petit naturaliste, ou ses pensées ou de simples réflexions que personne n'avait le droit d'écouter.

Juliette et Leonardo avaient dû jongler entre leur rôle de parents, de voisins et de survivants alors que les ressources en eau et en nourriture étaient de plus en plus difficiles à obtenir. Cela faisait déjà vingt ans maintenant que la coupure générale avait eu lieu. Le soleil frappait dur en anéantissant parfois les maigres récoltes et ils n'avaient pas réussi à sauver les cochons, décimés par un virus. Heureusement, il restait toujours les poules, leurs œufs et tout ce que la nature voulait bien leur prodiguer. Leurs estomacs s'étaient depuis longtemps rétrécis et cela suffisait à les nourrir. Leonardo refusait catégoriquement de toucher aux denrées non périssables stockées dans le « débarras de survie », réservées uniquement à un hypothétique futur où la faim les tenaillerait réellement. Alors Juliette, patiente, cultivait tant bien que mal, rationnant et gérant les stocks.

Léonardo, pragmatique et rationnel, passait son temps à chercher des solutions techniques aux problèmes quotidiens, notamment à réparer les outils et à concevoir des dispositifs pour améliorer leur sécurité. Le reste du temps, il partait chasser, coupait du bois, marchait longtemps pour ramener quelques litres d'eau. Mais il n'était pas dupe et, au fond de lui, une question persistait : jusqu'à quand pourraient-ils continuer ainsi ? Il savait que leur survie était liée à leur capacité à s'adapter, et peut-être que cela impliquerait de quitter la région un jour ou l'autre. Lorsque ces pensées le plongeaient dans le désarroi, il essayait de garder son calme pour ne pas laisser son stress contaminer les autres.

Un soir, alors qu'ils s'étaient rassemblés autour d'un feu dans le jardin, Lucas avait demandé :

« Que ferions-nous si on se faisait attaquer ? »

Le père avait répondu avec une gravité palpable. « Nous nous défendrons. Nous protégerons notre maison et le village. »

Il savait que la question n'était pas innocente et que son fils avait entendu des choses.

« Tant que nous serons unis, nous pourrons faire face à n'importe quoi », disait souvent Juliette.

Alice et Lucas prenaient à cœur ces paroles. Ils savaient qu'ils n'étaient pas seulement des « enfants de l'enfer » comme certains les qualifiaient, mais un frère et une sœur, façonnés par des parents qui avaient su anticiper la tempête et gérer au mieux. Dans leur petit coin de terre, la famille faisait tout pour préserver ce qui leur restait de normalité. Mais malgré leur jeune âge, les enfants avaient parfaitement conscience qu'il leur fallait se préparer à tout. Même s'ils ne se voyaient pas comme des victimes de leur époque, mais plutôt tels des bâtisseurs d'un avenir qu'ils souhaitaient meilleur.

8

Le soleil se couchait lentement derrière les collines, plongeant la cuisine dans une lumière chaude et dorée. Les fenêtres étaient grandes ouvertes, laissant entrer l'air frais du soir, et le gazouillis d'un oiseau perché dans le marronnier se mêlait au cliquetis des casseroles et des assiettes. Juliette, les cheveux tirés en un chignon négligé, essuyait un saladier avec un chiffon, tandis que Leonardo rangeait les couverts dans le tiroir. Puis, ils s'assirent autour de la table en bois massif pour prendre un moment de répit après le dîner. La maison était calme, les enfants ne faisaient pas de bruit. Leonardo ferma les yeux pour profiter de cette atmosphère paisible tandis que Juliette semblait songeuse.

« Dis mon Leo, tu te souviens de notre rêve de jeunesse ? Du Canigou ? » demanda-t-elle tout en posant son verre d'eau sur la table.

Leonardo rouvrit les yeux et sourit tendrement. Le Canigou. Ce nom, pour lui, évoquait bien plus qu'une simple montagne. Quand il vivait à Estagel, la terrasse de toit de son logement donnait directement sur ses hauteurs enneigées et il avait toujours voulu y grimper. Mais il était parti en Aveyron avec Juliette avant d'avoir eu le temps de réaliser l'ascension. Le couple s'était fait la promesse, au début de leur relation, d'y revenir ensemble. Un rêve d'aventure loin des contraintes du quotidien.

« Bien sûr… C'était notre projet avant que tout… tout ça n'arrive. On s'était dit qu'un jour, toi et moi, on grimperait jusqu'au sommet, comme ça, sans penser à rien d'autre que la vue de là-haut. »

Il se leva et alla chercher une vieille photo jaunie par le temps qui traînait sur le buffet. Elle montrait un jeune couple devant des vignes, sur une nappe de pique-nique avec des provisions éparpillées autour d'eux, un air insouciant sur le visage. C'était eux, bien plus jeunes, avant que la vie ne les emmène sur des chemins plus compliqués.

« Non mais regarde-nous », dit Leonardo en observant la photo avec mélancolie. « Entre la survie, les enfants, les responsabilités… On dirait bien que la vie nous a rattrapés. Mais j'avoue que ce rêve, il est toujours resté là, au fond de moi, malgré les années écoulées et les obstacles. Comme un sentiment d'inachevé. »

Juliette hocha la tête. Elle savait qu'ils avaient laissé ce songe s'éloigner, glisser entre leurs doigts au fur et à mesure que la vie les entraînait dans des obligations plus terre à terre. Elle se leva et se posa contre le plan de travail, les bras croisés.

« Tu sais, j'y repense souvent ces derniers temps. Je me dis qu'on pourrait tenter le coup. Comme une sorte de voyage initiatique, tu vois… Un projet de famille qui permettrait à Alice et Lucas de dépasser la zone du village. Je sais qu'ils en rêvent. »

Leonardo regarda avec curiosité sa femme dont les yeux brillaient d'un nouvel éclat.

« Pourquoi pas… Peut-être qu'il est encore temps. On pourrait faire simplement l'aller-retour rapidement pendant que Rose et Raymond garderait la maison. Mais ça me semble tout de même très risqué. Après tout, même nous n'avons pas été au-delà de la forêt depuis la chute du village d'à côté. »

Juliette se raidit à la simple pensée de ses parents disparus dans l'attaque. Heureusement, les enfants choisirent cet instant pour débarquer dans la cuisine.

« On veut y aller ! » cria Alice à plein poumons, son frère sautant autour de la table en criant « Moi aussi ! »

Les parents éclatèrent de rire. Ils connaissaient la sale manie de leurs enfants à écouter aux portes.

« On va encore y réfléchir. C'est une ancienne promesse entre votre mère et moi, donc il se pourrait bien que je vous laisse ici pour ne partir qu'avec elle », glissa Leonardo en faisant un clin d'œil à Juliette.

« Hors de question ! Vous n'avez pas le droit ! », s'insurgèrent Alice et Lucas.

Juliette sourit, déjà obnubilée par l'idée de ce futur voyage.

« Faisons un nouveau serment. Ce sera notre ascension. Un jour. À tous les quatre. »

Ils joignirent leurs mains ensemble pour sceller ce pacte. Une promesse familiale, forgée dans la cuisine de leur petite maison, dont la famille ignorait encore les conséquences.

9

Leonardo ne s'arrêtait jamais. Il prenait à cœur la responsabilité de la sécurité de sa famille. C'était devenu une priorité absolue depuis que des bruits d'explosions retentissaient parfois dans le lointain, sans que personne ne sache pourquoi, créant à chaque fois pendant quelques secondes une atmosphère tendue dans le village. Et les derniers nomades de passage n'apportaient pas de bonnes nouvelles. Il semblerait qu'à l'extérieur, on commençait aussi à avoir sérieusement faim, ou à devenir fou, ou les deux. C'était devenu un endroit peuplé de bandes errantes, de pillards et d'individus désespérés, prêts à tout pour survivre. Des groupes dangereux se formaient, qui s'éloignaient de plus en plus des villes en ruines et même des terres cultivées de la campagne, car partout la survie se faisait de plus en plus rude à cause du climat et des maladies qui décimaient les bêtes. Les hommes les plus virulents se regroupaient et cherchaient à présent à s'approprier le peu de biens des survivants des petits villages et des hameaux, les seuls ayant eu un semblant de paix toutes ces années.

Selon Leonardo, leur maison était trop vulnérable. Son devoir était de protéger sa famille et il savait que, tôt ou tard, leur tranquillité serait menacée. Il ne voulait rien laisser au hasard. Chaque jour, il travaillait dur pour améliorer leur habitation et la métamorphoser en une véritable forteresse. Il passait des heures à repérer les faiblesses, analyser les angles morts et les points d'accès possibles. Il préférait ne pas compter sur les voisins ou sur sa famille en cas d'attaque, mais miser sur l'anticipation afin de rendre leur maison plus difficilement pénétrable.

Tout d'abord, il s'était concentré sur les escaliers qui constituaient une zone stratégique de défense, puisque c'était le seul moyen d'atteindre l'étage. Il les renforça et posta sur les côtés du palier des sacs remplis de cailloux, destinés à en bloquer l'accès rapidement. Il pourrait toujours se cacher derrière avec le fusil ou pour lancer des projectiles et ainsi les transformer en un couloir étroit potentiellement mortel. Au niveau de la porte d'entrée, il avait mis en place un ingénieux mécanisme, qu'il lui faudrait activer le moment venu. Il avait fixé des câbles robustes et lorsque la porte serait poussée depuis l'extérieur, la pression actionnerait un levier dissimulé derrière le panneau en bois. Ce levier était relié aux câbles comprenant une série de contrepoids en métal qui tomberaient brusquement sur la personne cherchant à s'introduire dans leur demeure. Le but étant de blesser et désorienter l'intrus. Leonardo avait veillé à ce que le tout soit soigneusement camouflé, pour ne pas effrayer les enfants et par souci d'esthétisme. Il avait habilement caché les câbles avec des éléments de décoration et un rideau sombre dissimulait le levier. L'ensemble paraissait inoffensif, une porte d'entrée presque banale.

L'esprit tactique de Leonardo s'appliquait à chaque détail et la protection de son sanctuaire justifiait toutes les mesures. À l'extérieur, des fils barbelés, dissimulés dans les herbes hautes, étaient déjà installés depuis longtemps autour du périmètre de la maison. Il voulait y installer un vieux piège à loup, mais Juliette s'y était catégoriquement opposée pour la sécurité des enfants. Le père de famille installa également des barreaux aux fenêtres les plus exposées du rez-de-chaussée. Et celle de la chambre parentale à l'étage était équipée d'un cache qui pouvait masquer sa présence tout en lui permettant d'observer discrètement le devant de la maison et la rue principale. C'était un point de repérage idéal, d'où son champ de vision était le plus panoramique. Là, il pourrait voir venir les menaces à distance. Il s'entraînait à viser depuis cet emplacement, regrettant de ne pas posséder de lunette de visée. Mais la partie clé de ses stratagèmes était la disposition des « éléments de défense », comme il aimait les appeler. Dans chaque pièce, une arme était dissimulée. Le fusil de chasse trônait toujours sur le buffet du salon, facilement accessible. De grands couteaux de cuisine aiguisés étaient éparpillés dans les différents placards et meubles de la maison, et deux canifs avaient été cachés sous les planches de certaines marches de l'escalier. Une hache se trouvait à côté de la table de chevet de Leonardo et une machette du côté de Juliette. Dans la chambre des enfants, il laissa même un arc et des flèches, en cas de dernier recours et si jamais les munitions venaient à s'épuiser. Sur le palier, derrière un cadre, il avait glissé une petite réserve de liquide inflammable. Le débarras, où il avait toujours entassé du matériel de survie, avait été agrandi et était désormais rempli jusqu'au plafond. Il y stockait tout ce qu'il pouvait récupérer dans les environs, que ce soit dans les anciennes habitations abandonnées ou en troquant avec les nomades : des planches de bois, des barres de fer, un pied de biche, une pelle...

Juliette, quant à elle, n'était pas aussi impliquée, mais avait confiance en son homme et soutenait ses efforts. Elle ne pouvait pas s'empêcher de s'inquiéter pour lui, surtout lorsqu'elle le voyait passer de longues heures à réfléchir, le front plissé, anxieux de leur avenir. De leur côté, Alice et Lucas comprenaient aussi l'importance de ce que faisait leur père. Ils savaient tous deux où se trouvaient les caches d'armes et les endroits où se réfugier en cas de danger. Leonardo les formait aussi à identifier les points faibles du terrain autour de la maison et à repérer l'itinéraire le plus direct vers la forêt pour fuir si les choses tournaient mal. La sécurité devenait un apprentissage collectif.

La famille formait une communauté toujours plus soudée avec leurs voisins, partageant les tâches et les ressources, préférant renforcer les liens face à l'adversité, plutôt que de tomber dans le prisme de la méfiance. Mais malgré cela, les jours passaient et une sensation de menace pesait de plus en plus. Leonardo avait le pressentiment qu'un jour, il faudrait affronter ce qu'il redoutait. Le monde extérieur était devenu un endroit trop chaotique, trop imprévisible pour vivre dans l'illusion que tout allait bien se passer. Et les enfants ayant grandi, leur père pensait que le moment était venu de leur enseigner une leçon importante à ses yeux. Le fusil de chasse que Raymond lui avait offert il y a des années était leur principal moyen de défense, simple mais efficace. Une arme idéale pour dissuader et repousser des intrus. Et il était temps que les enfants apprennent à l'utiliser.

10

Leonardo s'était toujours montré protecteur, prudent et attentif. Il n'avait jamais voulu exposer ses enfants plus que nécessaire. C'est pourquoi il leur avait appris à pêcher, à poser des collets, à tuer les poules, mais ne les prenait jamais avec lui quand il partait chasser au fusil avec les autres hommes du village, pour rapporter un sanglier ou un chevreuil lorsqu'ils étaient chanceux. Mais avec la montée des tensions de ces dernières semaines, il avait pris conscience que leur survie dépendait aussi de leur capacité à se défendre seuls. Il ne serait pas éternellement là pour eux et ne pouvait pas les garder à l'abri indéfiniment. À dix et seize ans, ils avaient encore besoin d'être guidés, protégés, mais Leonardo ne voulait en aucun cas en faire des êtres vulnérables. C'est pourquoi un dimanche matin, lors d'une matinée ensoleillée, le père appela ses enfants qui se trouvaient dehors, dans le jardin. L'adolescente poussait son frère sur la balançoire, toujours la même, construite par Thomas pour elle quand elle était petite.

« Alice, Lucas, venez ici, j'ai quelque chose à vous montrer. »

Ils s'approchèrent ensemble, intrigués.

« Qu'est-ce qu'il y a, papa ? » demanda aussitôt la jeune fille, percevant la gravité dans la voix de son père.

Leonardo les fit asseoir en face de lui, sur un rondin en bois, et prit une grande inspiration avant de parler.

« Aujourd'hui, je vais vous apprendre à manier le fusil. Peut-être bien que vous n'aurez pas à vous en servir en cas de danger, je l'espère d'ailleurs, mais c'est nécessaire pour votre sécurité à long terme, ou pour le jour où vous devrez chasser du gibier par vous-mêmes. »

Alice, plus mature que son frère, n'était pas naïve. Elle écoutait aux portes lorsque les nomades devenus rares passaient par leur village et frissonnait lorsqu'elle entendait les bruits de tonnerre dans les montagnes. Elle savait que la violence était devenue une réalité du quotidien en dehors de leur microcosme constitué du village et de la forêt. Elle tourna alors son regard vers le fusil de chasse posé sur la table et se redressa. Elle n'avait jamais touché une arme à feu et passa sa main sur le bois rugueux de la crosse. Lucas, quant à lui, était plus hésitant. Il observait l'arme avec un intérêt mêlé d'appréhension et le regard dur de son père l'incitait à écouter et à comprendre ce qu'il s'apprêtait à leur apprendre. Imitant sa sœur, il toucha le canon froid du bout des doigts. Leonardo attrapa alors le fusil et leur tendit pour qu'ils puissent se familiariser avec le fait de le porter.

« C'est lourd », murmura Lucas, les yeux un peu écarquillés.

« Oui. C'est une arme puissante, et si vous l'utilisez mal, elle peut être très dangereuse. Il n'y a pas de place pour l'erreur ici. La première règle, c'est de toujours respecter l'arme, d'en prendre soin, de la nettoyer et de l'entretenir pour qu'elle dure dans le temps. »

Il marqua une pause et les regarda tour à tour.

« La deuxième règle, c'est de ne jamais tirer sans raison. Le fusil n'est pas un jouet pour se divertir. On tire pour se défendre en cas de danger, pour alerter de sa présence ou pour tuer dans le cadre de la chasse, mais jamais par plaisir. »

Puis, Leonardo montra à ses enfants comment tenir le fusil correctement.

« Tenez-le fermement avec les deux mains, comme ça. La crosse contre votre épaule et les bras légèrement pliés pour absorber le recul. »

Il posa une main sur la crosse et l'autre sur le canon, en s'assurant de montrer à Alice et Lucas comment positionner leurs doigts. Il leur expliqua le mécanisme et leur enseigna comment casser le fusil en deux pour insérer les cartouches, puis comment le décharger.

« C'est un fusil de chasse à deux coups. Cela veut dire que vous pouvez tirer deux fois d'affilée avant de devoir recharger. Et il ne faut pas oublier d'enlever le cran de sûreté, ni trop tôt pour éviter un accident, ni trop tard pour éviter de perdre de précieuses secondes. Quand vous devez vous en servir, il faut toujours vérifier si l'arme est prête à tirer, pour ne pas avoir de surprise. Une arme non chargée, c'est une arme inoffensive. »

Leonardo s'avança tout au fond du jardin, suivi de près par Alice et Lucas.

« Passons à la pratique. Je vais vous montrer comment viser. Alice, viens par ici et essaie de tirer sur le tronc de l'arbre mort près de la grange. »

Alice saisit le fusil et le plaça contre son épaule. Elle enleva le cran de sûreté, ferma un œil, ajusta sa prise et pointa vers la cible. Elle prit une profonde inspiration, se concentra et appuya sur la détente. Le tir résonna dans l'air. Le projectile frappa le tronc avec un bruit sourd. Alice se tourna vers son père, visiblement un peu secouée, mais satisfaite.

« Ça fait quand même beaucoup de bruit », dit-elle simplement.

Leonardo hocha la tête, un léger sourire aux lèvres, fier de sa fille.

« C'est bien, Alice. N'oublie jamais de rester calme. Quand on tient une arme à feu et qu'on est en colère ou effrayé, se maîtriser est parfois le plus difficile. »

Puis il tourna son regard vers son fils, qui se balançait d'un pied à l'autre avec l'air de vouloir être ailleurs.

« À ton tour, Lucas. »

Le petit garçon baissa les yeux, avant de sentir la main chaude de sa sœur le pousser doucement dans le dos.

« Vas-y, c'est plus facile que ça en a l'air. Et puis l'arbre est déjà mort de toute façon, tu ne peux pas lui faire de mal », l'encouragea Alice.

« D'accord... je vais essayer. »

Leonardo s'assura que Lucas ne faisait pas de gestes brusques. Il se positionna derrière lui et l'aida à prendre l'arme en main, ajustant ses bras et son corps. Lucas contracta ses abdominaux pour se tenir droit tout en soutenant le poids de l'arme qui paraissait énorme par rapport à son corps frêle. Le coup de feu éclata et Lucas sursauta, perdant un peu l'équilibre. Son père, posté derrière lui, le soutint.

« C'est bien, Lucas. Tu vois ? Ce n'est pas aussi effrayant qu'on le pense. C'est tout pour aujourd'hui, il ne faut pas gaspiller les cartouches », le gratifia son père.

Lucas sourit timidement, même si ses mains tremblaient. Leonardo regarda ses enfants, fatigué mais content. C'était une étape importante, un premier pas qu'ils avaient tous les deux franchi avec brio. En retournant vers la maison, Lucas sortit son dictaphone et s'éloigna, certainement pour y enregistrer son ressenti et vider un trop plein d'émotions. Il l'utilisait parfois comme un journal intime audio.

Tous ces préparatifs, ces précautions minutieuses et ces entraînements permettaient à la famille de se sentir un peu plus en contrôle dans un monde en proie au désordre. Si l'attaque venait, ils seraient prêts. Si des ennemis forçaient la porte, ils leur résisteraient. Leonardo ne laisserait rien ni personne détruire sa famille et son foyer.

11

À chaque crépuscule, Juliette et Leonardo avaient pris l'habitude de se retrouver seuls dans la cuisine pour réfléchir aux différentes possibilités que leur offrait leur avenir incertain. Malgré toutes les mesures prises par Leonardo, le spectre de la violence et de la lutte pour la survie pesait lourdement sur les épaules de Juliette qui était certaine que leur petit village allait finir par devenir une cible.

Alice et Lucas, de leur côté, construisaient un petit bateau en bois dans le salon. Ils avaient presque terminé et envisageaient de le tester le lendemain dans le ruisseau de la forêt. C'était une activité calme comme ils aimaient souvent en partager, mais ce soir-là les enfants n'avaient pas la tête à s'amuser. Ils pouvaient entendre leurs parents se disputer en chuchotant dans la cuisine. Il était question de la pluie qui n'était pas tombée depuis le début de l'été, des poules qui pondaient beaucoup moins par temps chaud, et toujours ces rumeurs concernant des groupes de gens fous qui quittaient les grandes villes pour chercher des vivres dans des coins reculés, en massacrant tous ceux qui leur barraient le passage.

Juliette reparlait de ce voyage au Mont Canigou, qui permettrait de se couper complètement de la civilisation et peut-être même d'apprendre à vivre de manière totalement autonome ailleurs, sans même avoir à compter sur des voisins. Et chaque soir,

Leonardo réfutait ses arguments. Il refusait catégoriquement de quitter la maison en ces moments troubles, pour ne pas traumatiser les enfants et aussi par peur de l'inconnu, même s'il ne voulait pas l'avouer.

Leurs voix, bien que murmurées, portaient dans le silence tendu du salon. Lucas fronça les sourcils. Les mots « départ » et « danger » résonnaient dans son esprit. Alice aussi était préoccupée par ces paroles inquiétantes. L'enfant et l'adolescente se regardèrent et, sans avoir à se parler pour se comprendre, se levèrent à l'unisson pour se diriger vers la cuisine. En s'approchant, ils pouvaient entendre très nettement la conversation.

« Si ça dégénère, il vaut mieux qu'on s'éloigne avant que le village ne soit atteint. Tu as entendu comme moi les rumeurs… tu sais que le vieux Fraysse ne raconte jamais ce genre de choses à la légère. S'il est inquiet, c'est qu'il a de bonnes raisons », grondait Juliette.

« Mais quitter la maison, c'est la dernière chose à faire ! Qu'est-ce que ça va nous apporter ? Ici, au moins, nous sommes en terrain connu, en sécurité », répondit Leonardo avec fermeté.

Lucas jeta un coup d'œil à sa sœur, qui semblait hésitante. Elle se demandait si leur mère avait raison. L'idée de tout quitter lui paraissait à la fois excitante et insupportable. Elle ne voulait pas abandonner définitivement l'endroit où elle avait grandi et où elle avait tant de souvenirs. Elle prit la main de son petit frère pour le rassurer.

« Allons leur parler », proposa-t-elle.

Ils poussèrent doucement la porte de la cuisine et virent leur père, les bras croisés, qui regardait par la fenêtre, tandis que leur mère s'efforçait de garder son calme. Les deux adultes se retournèrent, surpris de voir leurs enfants là, et se détendirent un peu.

« On discute juste de choses importantes », dit Leonardo en essayant de masquer la gravité de la situation.

« On a entendu… », enchaîna Lucas. « Je ne veux pas partir vivre comme un nomade, moi… »

Le père hocha la tête et s'approcha, le visage empreint de sérieux.

« Moi non plus, fiston. C'est pour le moment une simple hypothèse, on réfléchit à notre avenir avec votre mère. L'important selon moi, c'est de rester soudés », répondit-il.

Alice et Lucas se rendaient bien compte que leur famille était à un tournant et ne pouvaient pas simplement ignorer ce qui se passait autour d'eux.

« C'est aussi de notre futur qu'il s'agit, on veut avoir notre mot à dire », dit enfin Alice, la voix forte.

Lucas acquiesça d'un signe de tête en fronçant les sourcils, ce qui lui donna un air adulte sur son visage encore rond d'enfant. Un silence s'installa, et les parents, touchés par la sincérité et la détermination de leurs enfants, comprirent tous deux qu'il fallait commencer à les inclure dans ces discussions difficiles. Ils s'installèrent alors tous ensemble dans le salon, d'où une lumière tamisée filtrait à travers les rideaux décolorés.

« On n'est pas que des enfants de l'enfer », commença Lucas, défiant le terme péjoratif qui leur était attribué. « On est plus que ça. L'avenir, c'est nous. Vous ne pouvez pas tout décider à notre place. »

Alice regarda son frère, une lueur de fierté dans les yeux.

« Il a raison. Et même si vous ne vous en rendez pas compte, vous avez besoin de nous autant que l'inverse. »

Leur mère tenta de les rallier à sa cause.

« Les temps sont durs, les enfants. J'ai entendu plusieurs histoires d'attaques de plus en plus proches par Monsieur Fraysse, le seul à s'aventurer parfois plus loin et qui côtoie beaucoup les nomades. Nous devons prendre une décision, rester et risquer une attaque à notre tour ou partir et ne pas savoir ce qui nous attend. Si jamais on se trompe… »

Lucas la coupa, la voix pleine d'émotion : « Mais fuir, ce n'est pas la solution, maman ! Partir, c'est tout laisser derrière nous. Partir, c'est vivre tout le temps dans l'inconnu et la peur ! »

La mère soupira, ses yeux brillants de larmes contenues. « Je sais, mais quel que soit notre choix, il y a tant d'incertitudes… »

Les pensées d'Alice tournaient à plein régime. C'était l'occasion rêvée de découvrir le monde extérieur et elle avait envie de soutenir sa mère, mais en termes de sécurité, elle faisait davantage confiance à son père. Sans compter Lucas qui, visiblement, voulait rester, lui aussi. Elle décida de mettre de côté ses envies d'exploration et de se ranger du côté de la gent masculine.

« Nous avons grandi ici et nous avons appris à nous adapter. On peut très bien rester et trouver des solutions à ce qui se présentera. Et puis, quand les rumeurs se seront calmées, quand la situation sera plus stable, il sera toujours temps de tenir notre promesse de voyage au Mont Canigou », tenta-t-elle.

« Tout à fait, Alice. Et puis, bon sang, à quoi bon avoir passé tant de temps à renforcer notre maison pour la quitter quand le danger se présente ? », renchérit Léonardo en se prenant la tête entre les mains, les doigts sur les tempes.

Le silence s'étendit dans la cuisine, lourd des mots échangés. Les parents réalisaient que leurs enfants avaient des ressources qu'ils n'avaient pas envisagées. En donnant leurs avis respectifs, ils faisaient preuve de sagesse et d'implication, rappelant à Juliette et Leonardo que l'union était leur plus grande force. La mère embrassa sa petite famille du regard et abdiqua.

« Très bien. J'espère que c'est la bonne décision et que nous éviterons la catastrophe. Mais sachez que si un assaut se produisait, ils seront sûrement en groupe et nous n'aurons pas la force du nombre. Vous ignorez comment sont les gens du dehors. Ce ne sont pas nos gentils voisins... Vous devez comprendre que s'ils arrivent à pénétrer dans la maison, ce sera pour tous nous éliminer. Nous resterons donc chez nous… mais il faudra être très prudents. »

12

Malheureusement, comme le disait le dicton, « on n'est jamais trop prudent ». Et le mauvais pressentiment de la mère s'avéra exact.

Une nuit, ils entendirent les cris. Des hommes à cheval brisèrent la tranquillité du village, projetant leurs ombres sur les murs. Les chevaux étaient pourtant si rares… d'où venaient ces gens qui les attaquaient ? Était-ce les pilleurs dont parlaient les rumeurs, ces sauvages qui dévastaient tout sur leur passage et n'épargnaient rien ni personne ?

La mère se réveilla en premier, en sursaut, le cœur battant. Elle tendit l'oreille et alerta le reste de la famille.

« Réveille-toi ! » chuchota-t-elle d'une voix tremblante en secouant Leonardo. Sans perdre une seconde, ce dernier attrapa la hache à côté du lit et appela les enfants. Alice arriva, les yeux encore embrumés de sommeil. Lucas, effrayé, se blottit contre elle. Ils avaient compris la situation. Réunis tous les quatre dans la chambre parentale, ils s'habillèrent à la hâte tandis qu'ils entendaient les voisins hurler et les sabots de chevaux retentir en martelant le sol. Le chaos avait l'air de régner à l'extérieur et des voix menaçantes se faisaient entendre.

Leonardo descendit au rez-de-chaussée pour récupérer l'arme sur le buffet. Juliette avait ramassé la machette qu'elle gardait à côté du lit et se mit debout devant ses enfants, prête à les défendre. Alice sentait une vague d'adrénaline l'envahir et avait la gorge nouée. Son père leur avait interdit de quitter la pièce, mais elle s'en voulait de ne pas avoir eu le réflexe de ramasser son arc et ses flèches avant de rejoindre ses parents. Elle s'était pourtant imaginée la scène tant de fois…

Lorsque le père revint à l'étage avec le fusil, il confia sa hache à Alice, car il avait besoin de ses deux mains libres. Il avait ramené un long couteau de cuisine pour Lucas. « Juste au cas où… », lui dit-t-il. Puis, il se posta près de la fenêtre qui donnait sur la rue, les muscles tendus et des cartouches à ses côtés.

« Ne laisse personne s'approcher », glissa Juliette à l'oreille de son homme.

Le père répondit par un hochement de tête ferme, avant d'embrasser sa femme qui reprit sa position.

« Seulement deux coups avant de devoir recharger, il ne faut pas que je me rate », murmura-t-il pour lui-même. La nervosité le faisait trembler. Il pensait être prêt, mais à présent l'angoisse le paralysait. Il crut distinguer des bruits de pas et des silhouettes qui se dessinaient dans la nuit noire. Les assaillants se rapprochaient et il savait qu'ils n'étaient pas là pour négocier. Il entendit des coups de feu au loin.

« Pourvu que ce soit Raymond qui leur tire dessus et pas l'inverse… », pensa-t-il.

« Papa, qu'est-ce qu'on fait ? » demanda Lucas à voix basse.

« Chut, Lucas, reste calme », murmura sa mère, s'efforçant de masquer son propre stress. À ses côtés, Alice serrait si fort le manche de la hache que les jointures de ses mains craquaient. Une tension palpable régnait dans la pièce.

« Alice, si jamais nous sommes séparés… », commença Juliette.

« Mais maman ! Ne… »

La mère posa un index sur les lèvres de sa fille.

« Laisse-moi finir. Retiens bien ceci : Méfie-toi de tout le monde, mais sache aussi accorder ta confiance aux bonnes personnes. Suis ton instinct et veille sur ton frère. »

Alice ne savait pas encore que ce conseil, cette simple règle de survie, finirait par devenir son unique guide. Leonardo se força à respirer profondément. Cette fois, il en était sûr, un homme de grande allure se faufilait dans la pénombre en direction de leur maison. Il n'arrivait pas à distinguer s'il était armé. Tant pis, il ne pouvait pas prendre de risque. En se montrant offensif, il en dissuaderait d'autres de s'approcher. Il appuya sur la gâchette. Le son fit sursauter toute la famille et Lucas ne put réprimer un petit cri de surprise.

Un râle de douleur provenant de l'extérieur leur donna la chair de poule. L'homme, touché, gémissait à terre en se tenant le ventre, assez proche de la maison pour que Leonardo puisse distinguer ses traits. Le père de famille épaula à nouveau son fusil.

« Je dois achever ce malheureux. »

Mais l'homme qui rampait pour sa survie, ses grognements de souffrance, ses yeux révulsés, sa bave au coin des lèvres… Cette vision donna la nausée à Leonardo. Et puis ses mains, bon sang, ses mains qui tremblaient tant…

Soudain, il n'eut plus le temps d'y penser. L'un des attaquants galopait à toute allure vers le blessé, sans voir les barbelés qui encerclaient le jardin. Dans la nuit si sombre, Leonardo devina l'ombre massive du cheval s'élever dans un saut désespéré à la dernière seconde. Les sabots de ses pattes avant frôlèrent l'acier, mais l'animal ne parvint pas à passer. Un hennissement strident déchira la nuit tandis qu'il s'empêtra dans les fils acérés qui s'enfonçaient dans sa chair, le maintenant prisonnier. Le cavalier fut projeté en avant. Son corps heurta violemment le sol, soulevant un nuage de terre. Il se redressa avec peine et, sans un regard pour sa monture agonisante, ramassa ce qui ressemblait à une lance, avant de s'élancer vers la porte d'entrée. L'angle de tir n'était pas idéal, mais Leonardo n'eut pas le choix. Il aligna sa cible et une détonation éclata. L'assaillant s'effondra, la balle ayant arraché tout le haut de son crâne.

Leonardo… son souffle court, son cœur sur le point d'exploser, les râles du cheval mourant, le cadavre devant lui, le sang qui s'étalait lentement sur le sol… tout vacillait autour de lui. Une vague de vertige le prit, ses jambes flanchèrent et il manqua de s'effondrer.

C'est alors qu'un appel fendit l'obscurité :

« Leonardo ! Par ici ! »

Sur la route, Thomas surgit, haletant.

« Il faut fuir ! D'autres arrivent, ils sont trop nombreux, on ne peut pas les affronter ! Rejoignez-nous dans la forêt, vite, on part s'y cacher ! »

Leonardo secoua la tête pour chasser les acouphènes qui lui vrillaient le crâne. Il tourna les yeux vers sa famille.

« Préparez-vous, on va rejoindre les autres dans la forêt, notre maison est juste à côté, ça va aller », leur dit-il en serrant les dents.

« Quoi ?! Alors… on va fuir ? » demanda Alice, terrifiée à cette idée.

« On restera ensemble, mais il faut être stratégiques », insista-t-il. « S'attarder ici, c'est mourir... »

Juliette attrapa les enfants par les mains. « C'est vrai, nous devons partir. Restez toujours prêts de moi, quoi qu'il arrive ! » leur dit-elle d'un air résolu.

Ils se précipitèrent sur le palier et descendirent l'escalier. Le père leur fit signe de se rassembler près de la porte. Ils prirent le temps d'enfiler un manteau, de mettre des chaussures et la mère attrapa son écharpe, se sachant frileuse.

« À mon signal, on sort et on court le plus rapidement possible vers la forêt », ordonna-t-il.

Dehors, des bruits d'armes et des cris… de plus en plus près.

Le père rechargea son fusil et prit une grande inspiration, déterminé.

« Prêts ? »

Les enfants acquiescèrent, se tenant fermement l'un à l'autre, alors même qu'ils savaient que la vie qu'ils avaient connue était sur le point de changer à jamais.

13

Leonardo ouvrit la porte. Il détourna soigneusement les yeux du premier agresseur qui agonisait toujours.

« Ne regardez pas. Courez ! »

Ils contournèrent l'homme au sol. Au moment où Juliette passa, ce dernier lui agrippa le pied.

« Pitié… », balbutia-t-il en crachant du sang.

Horrifiée, Juliette se dégagea et se précipita vers la forêt. Derrière eux, la horde sanguinaire qui attaquait le village fracassait les portes des maisons, y pénétrait de force pour arracher la vie des occupants et prendre tout ce qui l'intéressait.

Leonardo et Juliette fuyaient pour leur vie et pour sauver leurs enfants, sur le chemin herbeux qui conduisait à l'orée des arbres. Tout à coup, un peu plus loin sur leur gauche, un pilleur fit irruption. Il était à pied, mais avait l'air décidé à leur bloquer le passage en fonçant droit sur eux, une barre de fer à la main. Leonardo leva son arme et tira sans s'arrêter de courir. Il manqua sa cible et l'homme s'élança sur lui, féroce. Dans une lutte acharnée, Leonardo finit par lâcher son arme à laquelle l'assaillant s'accrochait sans relâche. Il tomba sur le dos et vit le canon de son propre fusil se pointer dans sa direction. Au même moment, dans un cri de fureur, Juliette brandit sa machette pour l'abattre sur l'homme, mais celui-ci esquiva le coup, plus rapide. Il se saisit aussitôt du bras de Juliette pour le lui tordre. Surprise par la douleur, Juliette lâcha prise et tomba à genoux. Un peu plus loin, sous le choc et incapables de réagir, les enfants regardaient leurs parents avec des yeux écarquillés de peur.

Le pilleur, d'un air complètement ahuri, ramassa la machette et psalmodia en regardant le ciel.

« La fin du monde… La fin du monde… La fin du monde… L'humanité n'a pu lieu d'être ! »

Leonardo en profita pour se relever d'un coup et redressa sa femme en une seconde.

« Courez, maintenant, vite ! Vers la fo… »

La douleur. Vive, accablante. Comme si son dos s'était ouvert en deux. Il avait senti clairement le tranchant de la machette traverser sa chair comme un steak tendre. Sa tête bouillonnait.

« PAPA ! » hurla Lucas.

Le père n'eut pas la force de leur crier de fuir sans lui. Il savait qu'il devait protéger sa famille, coûte que coûte, mais sa vision était floue et il voulait s'allonger. Juste quelques instants de répit… Heureusement, le truand aliéné avait fait demi-tour en brandissant le fusil pour le montrer à son groupe, content de sa trouvaille. Juliette passa un bras autour de la taille de son homme pour le soutenir. Ils étaient seuls avec leurs enfants. Les voisins encore vivants étaient probablement déjà tous cachés dans l'obscurité de la forêt. Un petit groupe soudé par le désespoir.

« Ils sont sûrement réunis dans le chalet près de la grosse souche de chêne. Mais c'est trop loin, Leonardo ne pourra pas marcher jusque là-bas », se dit Juliette.

Les enfants couraient devant leurs parents, conscients que chaque pas les éloignait du danger. La terreur les pressait d'avancer. Une fois sous le couvert des arbres, ils s'enfoncèrent dans le sous-bois, les branches craquant sous leurs pieds.

« Nous devons nous cacher ! » souffla la mère, à bout de force, son regard inquiet balayant les ombres.

Leonardo commençait à peser lourd et se traînait de plus en plus difficilement. Ils atteignirent une petite éclaircie dissimulée par des buissons épais et s'y assirent, enveloppés par le parfum de l'humus et des aiguilles de pin. Ils tendirent l'oreille pour écouter les bruits ambiants, leurs yeux s'habituant doucement à la noirceur de la nuit. Même la lune s'était cachée pour ne pas assister à ce spectacle…

« Est-ce que ça va ? » demanda Juliette aux enfants qui acquiescèrent, leurs visages rivés sur celui de leur père. Lucas respirait bruyamment, les larmes aux yeux.

« Quel désastre… Voir des horreurs pareilles à seulement dix ans », pensa Juliette.

« On doit rester silencieux. Ils pourraient encore nous chercher », murmura Alice, réalisant que le danger était loin d'être écarté.

Le petit garçon hocha la tête, mais son regard trahissait sa panique. Les minutes s'étiraient alors qu'ils attendaient, reprenant leur souffle. Des voix lointaines résonnaient et chaque mouvement éveillait leurs craintes. Soudain, le cœur d'Alice s'arrêta un instant. Elle sentait une présence, très proche. Derrière un des buissons, le profil d'un humain. Gentil voisin ou méchant en quête de proies ? Elle se recroquevilla, son corps entier tendu comme un arc. La famille se tenait aussi immobile qu'un rocher, en baissant les yeux comme les animaux, pour qu'aucune lueur ne permette de les repérer. La personne debout scruta les environs, avant de tourner les talons et de s'éloigner, apparemment convaincue qu'il n'y avait rien à trouver ici.

« Il va falloir attendre un bon moment sans bouger. Ça ira, les nuits sont relativement douces en été. Une fois qu'ils seront partis, nous repartirons vers le village », dit la mère.

Lucas pleura doucement, sans faire de bruit, tandis qu'Alice s'approcha de son père, dont la tête reposait sur l'épaule de sa femme. Elle posa la main sur son front. Brûlant.

« Oh, non. Pas la fièvre… »

Le visage de Leonardo était à présent si pâle qu'on pouvait le distinguer facilement dans l'obscurité. Sa respiration se faisait de plus en plus sifflante. Il essaya d'articuler quelques mots.

« Mon cœur… mon cœur va me sortir par le dos. Rattrapez-le, vite, remettez-le à sa place. »

Il commençait déjà à délirer.

14

La nuit semblait vouloir s'éterniser sous sa couverture étoilée, s'étirant sans daigner sortir de son lit astral. Lucas se demandait dans quel état il retrouverait sa chère maison, son antre, son lieu de référence, le seul qu'il ait connu. Assis, il somnolait parfois, mais il se réveillait d'un bond lorsque sa tête lourde de sommeil le faisait basculer en avant. Tout le monde avait perdu la notion du temps. Cela ne faisait peut-être que quelques minutes qu'ils étaient là. Ou peut-être des heures. Ils ne savaient plus.

Leonardo était étendu sur le sol, la douleur pulsant dans chaque fibre de son être. La forêt était à présent presque silencieuse, comme si la nature s'était mise en apnée pour mieux veiller sur lui. Juliette, les yeux remplis de larmes, se sentait impuissante, ne pouvant rien faire d'autre que le regarder se lover toujours plus dans les bras de la mort. Il était encore trop tôt pour songer rentrer au village pour le soigner, c'était trop risqué.

« Tiens bon, mon Leo. Nous allons bientôt retourner à la maison », l'encouragea-t-elle d'une voix étranglée.

Pour toute réponse, un souffle rauque remplit l'espace avant que Leonardo n'arrive à marmonner une unique phrase.

« Faites donc taire ce chien qui gémit. »

Alice contracta sa mâchoire pour ne pas éclater en sanglots. Son père ne réalisait pas que c'était lui qui produisait ces geignements déchirants. C'était lui, le chien agonisant…

Quelque temps plus tard, ils n'entendaient plus du tout les chevaux au loin. Pourtant, le vent s'était levé et apportait encore des cris à leurs oreilles. Ainsi qu'un autre son, différent de ceux qui les entouraient depuis des heures. Comme si les végétaux chuchotaient autour d'eux ou que les plantes libéraient leur oxygène en crachotant. Ou que…

« On dirait un feu qui crépite… », dit Alice en se dressant, les sens aux aguets.

Juliette se leva également, prise d'une intuition soudaine. Elle sentait qu'il valait mieux ne pas s'attarder. Elle renifla et la brise lui amena une odeur de fumée dans les narines. Sa respiration s'accéléra.

« Alice, aide-moi à le porter », demanda-t-elle à sa fille en se penchant sur Leonardo.

Alice attrapa la main de son père pour passer son bras autour d'elle. Cette main à laquelle elle s'était si souvent accrochée quand elle était petite… Cette main désormais glacée.

« Papa ?! »

À la lueur des étoiles, les enfants ne purent que constater les yeux grands ouverts de leur père. Juliette s'affaissa au sol, ses jambes ne la soutenant plus. Elle tendit les doigts vers son homme pour vérifier son pouls. Ne sentant rien, elle se jeta contre sa poitrine pour poser sa tête contre son cœur, cherchant désespérément un battement, ne serait-ce qu'infime. Ses oreilles bourdonnaient tant qu'elle ne savait plus si elle entendait son propre cœur qui battait contre ses tempes ou celui de son Leonardo. Mais au fond d'elle, elle savait. C'était trop tard… il était mort.

C'est à ce moment précis qu'elle vit l'éclair de lumière tout proche. D'abord un reflet dans les arbres, puis l'air, la terre, le sol qui semblaient tout à coup vibrer. Une fumée noire qui montait et déjà des branches qui craquaient.

Le feu.

Ces salopards sont revenus sans chevaux, discrètement, et ont incendié la forêt. Ces hommes ne cherchent pas à survivre, mais à détruire tout ce qui reste. Pour ces barbares, il n'y a pas de place pour la pitié, ils sont devenus des bêtes sauvages. Leurs âmes se sont égarées et leur sens moral envolé. Ils ne respirent plus que pour instiller la peur et le désespoir dans ce monde. Pourquoi faut-il que l'agonie de la civilisation se traduise toujours par un déchaînement de violence incontrôlée et transforme l'humain en prédateur ?

Ces pensées s'enchaînaient à toute vitesse dans l'esprit de Juliette, pendant que les flammes se répandaient à travers les buissons en engloutissant tout sur leur passage. Au loin, des hurlements. Extrêmes, épouvantables… Les voisins étaient-ils en train de brûler vivants dans leur abri de bois ?

Lucas réagit le premier, sentant une onde de terreur parcourir tout son corps. Il hurla de toutes ses forces, ce qui sortit sa mère de la léthargie dans laquelle elle était tombée. Ils se mirent alors à courir, laissant sur place Leonardo à qui ils n'avaient même pas eu le temps de faire des adieux. Ils partirent à l'opposé de leur maison, car Juliette se dirigeait là où l'air était plus respirable, cherchant une brèche. Les flammes dévoraient maintenant tous les arbres et commençaient à lécher la terre par endroits. La chaleur intense, la lumière irréelle et les bosquets avalés par le feu provoquaient une véritable vision de l'enfer.

Ils avaient beau courir en tous sens et changer sans cesse de direction, le feu les encerclait. Alice regardait, impuissante, l'incendie consumer la forêt où elle avait tant aimé jouer et se promener. Elle chercha sa mère et son frère dans la confusion. Ils étaient là, à une vingtaine de mètres. Sa mère, les cheveux poisseux du sang de Leonardo, tenait fermement Lucas contre elle et fit signe à Alice de les rejoindre.

« Alice, ma grande… prends ça » dit-elle en tendant sa grande écharpe à sa fille. « Recouvre ton nez et ta bouche. Baisse-toi près du sol si cela devient trop difficile de respirer. Tu es plus rapide que moi, alors cours. Protège ton frère. Vous devez rester en vie tous les deux. »

Alice se masqua le visage et prit la main de son petit frère qui se débattit.

« On ne laisse pas maman toute seule ! » cria-t-il.

« Bien sûr que non. Maman va nous suivre. J'arrive à me repérer, je vais vous guider vers le ruisseau. Allons-y, ensemble », répondit Alice.

L'air devenait de plus en plus suffocant et chaque pas était un combat pour la famille dont les yeux affolés piquaient à cause de la fumée. Ils continuaient de courir malgré tout et devaient à présent esquiver les troncs des arbres effondrés autour d'eux.

Juliette regardait Alice et Lucas devant elle, le cœur battant. Elle essayait de garder son calme, mais la chaleur l'écrasait et ses poumons lui donnaient l'impression d'inspirer des braises à chaque respiration. Soudain, l'univers autour d'elle devint complètement flou et elle tomba au sol, le souffle coupé. Elle avait puisé dans ses dernières forces et devait maintenant se concentrer sur le simple fait de reprendre haleine. Elle était consciente que le temps pressait, qu'elle devait se battre pour ses enfants, qu'ils étaient trop jeunes pour s'en sortir sans elle. Elle lutta encore pour se redresser, mais le monde s'obscurcissait de plus en plus autour d'elle.

« Faites que leurs pas les mènent en sécurité… », réussit-elle à murmurer, désespérée, les yeux secs malgré son envie de pleurer. Une ultime prière avant de s'effondrer contre le sol brûlant.

Déjà loin, Lucas eut comme un pressentiment et se retourna.

« Maman ? » s'écria-t-il, lâchant la main de sa sœur.

Tout se passa alors si vite. Lucas fit demi-tour, malgré les protestations de sa sœur. Le chaos atteignait son comble, mais la douleur à l'idée de perdre ses deux parents était plus puissante que les flammes et la peur. L'enfant courut aussi vite que ses jambes le lui permettaient, mais n'atteignit jamais sa petite maman écroulée sur le sol. Une flammèche se détacha d'un arbre et atterrit directement sur lui, le faisant trébucher.

Alice vit alors son frère, sa silhouette fragile et délicate… s'enflammer. Les langues de feu semblaient vouloir ravager le haut de son corps. Elle hurla et bondit vers lui, tout en pensant que c'était trop tard, qu'elle n'aurait jamais le temps de le sauver. Elle ne prêtait pas attention à ce qu'il y avait autour, aux crépitements des arbres qui explosaient, à l'odeur âcre de la fumée. Ses mains la brûlaient, la chaleur la défigurait, mais elle devait l'atteindre. Un tronc se rompit en deux et lui barra le chemin, mais elle s'élança à travers le souffle du feu, s'enfonçant dans les flammes, à peine consciente de ce qu'elle faisait.

Quand elle se retrouva aux côtés de Lucas, elle enleva son manteau pour le recouvrir en le forçant à se coucher sur le sol. Elle réussit à éteindre son petit frère qui gisait maintenant immobile. Son manteau avait fondu et son haut de pyjama s'était transformé en lambeaux collants contre sa peau rouge et brûlée. Mais il était encore vivant, elle pouvait voir sa poitrine se soulever. La fumée épaisse masquait tout le reste, elle ne voyait même plus sa mère.

Alice prit Lucas dans ses bras et malgré la douleur, la fatigue et l'horreur, elle se hâta vers le ruisseau. Une détermination inespérée l'envahit. Elle ne pouvait pas mourir ici avec toute sa famille et elle tenait la vie de son frère entre ses mains. Lucas s'était évanoui, faible et souffrant. Elle lutta pour continuer de le transporter, son poids mort ne facilitant pas la tâche. Elle se trainait au-delà de l'incendie, l'écharpe de sa mère comme ultime protection. Elle savait qu'elle n'était plus très loin. Tout proche. Encore un petit peu. Juste quelques pas… Elle haletait, mais elle ne s'arrêta pas. Jamais. Elle ne lâcha rien.

Alice avait trouvé une échappatoire, une brèche qui les éloignait enfin du cercle des flammes. Le ruisseau. Enfin. Elle s'effondra dans l'eau, Lucas blotti contre elle. Elle tremblait tant qu'elle claquait des dents et avait envie de vomir. Ses parents, ses voisins, la forêt… Tout avait péri sous la force du feu, tout était parti en fumée. Mais tout ce qui comptait pour Alice en ce moment même, c'était qu'elle avait réussi à sauver son petit frère. Ils étaient en vie et hors de danger. Pour l'instant.

15

Alice portait Lucas qui, bien que petit et chétif pour son âge, pesait lourd dans les bras de sa sœur. Mais la jeune fille n'avait pas l'air de s'en rendre compte, elle était ailleurs et avançait tel un automate. Revenue au village déserté, où les cris avaient laissé place à un silence pesant, elle courait à travers les ruelles dévastées. Elle ne pleura pas à la vue des cadavres : le couple Fraysse aux côtés de leur chienne Zaïre, éventrée, et Rose dont le corps était tordu dans une drôle de position. Les yeux d'Alice se posaient sans rien voir, comme si un voile recouvrait sa rétine ou que son cerveau refusait de comprendre.

Une seule pensée occupait son esprit : La maison de Marilyn… Elle espérait qu'il y aurait de quoi soigner Lucas chez l'ancienne infirmière. Elle ignorait comment, mais elle essaierait de sauver son frère coûte que coûte. Arrivée devant la dernière bâtisse du village, Alice s'arrêta un instant. Le jardin, jadis éclatant de couleurs, était désormais ravagé, les fleurs piétinées. Alice entra sans frapper, persuadée que le lieu était inoccupé, mais quelqu'un se tenait assis à la table du salon.

« Marilyn ?! Tu es vivante ! » s'égosilla Alice.

La vieille femme aux cheveux argentés en bataille écarquilla des yeux un peu perdus, l'air de voir un fantôme.

« Alice, c'est bien toi ? Mon Dieu, Lucas… Que s'est-il passé ? » demanda-t-elle, s'empressant de s'approcher d'eux.

Alice déposa son frère sur le canapé et s'effondra en pleurs dans les bras de celle qui l'avait fait naître. Cette dernière lui caressa tendrement la joue avant de la repousser doucement pour se concentrer sur l'état urgent de Lucas.

« Je vais avoir besoin de ton aide. Va chercher des ciseaux et commence par découper délicatement les lambeaux de vêtements qui lui collent au corps. »

Pendant ce temps, Marilyn fouilla une étagère chargée de bocaux en verre remplis d'herbes et d'onguents avant de revenir vers le garçon.

« Reste avec nous, petit. Tu es fort, tu vas t'en sortir. »

Malgré ses brûlures et sa peau rougie par les flammes, Lucas grelottait, encore trempé par l'eau du ruisseau. Marilyn attrapa rapidement deux bûches et alluma le poêle. Alors que l'odeur du feu de bois commençait à emplir la pièce et que l'écorce éclatait dans l'âtre, Lucas ouvrit lentement les yeux. En un instant, il se redressa, l'angoisse se lisant sur son visage.

« Non, non… NON ! » s'écria-t-il en voyant les flammes. « Pas encore ! »

Paniqué, il tenta de se lever, mais la douleur l'arrêta net. Alice se précipita vers lui.

« Lucas, calme-toi ! Je suis là, tu es en sécurité. »

Mais ses paroles ne parvenaient pas à apaiser la terreur qui s'était emparée de lui. Les souvenirs de l'attaque et des flammes dévorant son torse lui revinrent en mémoire.

« Je… je ne veux pas ! » balbutia-t-il, la voix tremblante.

Marilyn prit alors la main du garçon et l'encouragea à se concentrer sur sa voix.

« Respire, mon bonhomme. Je vais te soigner, tout va bien. Ce feu-là est ton ami, il va t'apporter la chaleur dont tu as besoin pour guérir. »

Petit à petit, Lucas se calma, les battements de son cœur ralentissant alors qu'il tentait de se rappeler la chaleur réconfortante du foyer, et non celle qui avait ravagé son corps. Il ferma les yeux en grimaçant, la souffrance causée par ses plaies revenant à la charge. Marilyn se leva et se dirigea vers la cuisinière où elle fit fondre du saindoux.

« C'était le seul pot qui me restait. Je le conservais précieusement. Il vient du dernier cochon que tes parents ont tué avant le virus qui a décimé leur élevage, il y a déjà un moment. »

Tout en parlant, elle martela au pilon les feuilles et les fleurs d'une plante qu'elle avait récupérée sur l'étagère et qui dégageait un parfum herbacé. Elle ajouta la mixture écrasée dans la casserole et mélangea pendant un quart d'heure avant de presser sa concoction dans un filtre à café.

« L'achillée millefeuille aide à réduire les inflammations et possède des propriétés cicatrisantes reconnues. Elle est incroyable pour traiter les brûlures superficielles comme celles de Lucas. Je vois que tu l'as conduit rapidement dans l'eau, tu as bien réagi. Il n'est pas brûlé profondément, seulement au deuxième degré. À son âge, il n'aura même pas de cicatrice », expliqua-t-elle à Alice qui observait attentivement.

Elle revint vers les enfants.

« Il faut laisser refroidir et la pommade sera prête. Mais nous aurions également besoin de Reine des prés pour faire une tisane qui l'aidera à combattre la fièvre… Je n'en ai pas en stock, malheureusement. »

« Où est-ce que je peux en trouver ? » demanda Alice, se levant immédiatement.

« Elle pousse dans les marais et c'est la bonne période pour en trouver », répondit Marilyn en désignant une direction à l'extérieur du village. « Elle est facile à reconnaître avec ses fleurs blanches et ses feuilles dentelées. Mais fais bien attention, dehors. »

Alice hocha la tête. « Je vais en chercher tout de suite. »

Avant de partir, elle caressa doucement Lucas pour ne pas lui faire mal. Son torse, ses bras et son cou étaient marqués par des brûlures qui avaient défiguré sa peau. Seul son visage n'était pas abîmé, comme si les langues de feu avaient eu pitié de ses joues rondes de poupon. Il avait miraculeusement conservé ses cheveux noirs et ses cils épais.

« Tiens Alice, prends ça », lui dit Marilyn en lui tendant un petit sac à dos. « Il y a des fruits secs et du pain à l'intérieur. Ce n'est pas très loin, mais il faut toujours avoir de quoi grignoter avec soi. »

Alice remercia Marilyn, sentant à nouveau les larmes monter en même temps qu'une vague de gratitude pour ce soutien inespéré. Elle enroula les sangles autour de ses épaules et passa le pas de la porte. En sortant, l'odeur de chair brûlée et de la mort lui emplit les narines. Elle se mit en route en trottinant vers le marais, situé à deux kilomètres de là.

Je… Je n'aurais pas dû regarder. Mais mes yeux sont restés ouverts. Papa… Ne jamais tourner le dos à son ennemi. Maman… Il fallait courir, se sauver. Tout seuls dans la forêt. Pas le courage d'y retourner. Mais il faut bien les enterrer. Non… trop dur. Oublie. Juste oublie. Pense à Lucas. Il respire encore. Pour combien de temps ? Ils ont tout pris. Il ne reste rien. Rien que la terre absorbant le sang, les plaies fumantes et les cendres tombant du ciel. Je ne suis que poussière, et pourtant je suis là. Je ne sais plus où commence ma peau et où finit le monde. Pas le droit de te plaindre. C'est ta faute, tu n'as rien fait.

Rien fait pour empêcher tout ça. Ils ont ri en entrant dans les maisons pour tuer. J'ai entendu. Ces ombres assassines. Des pourritures aux bouches béantes et affamées de néant. Je les entends encore. Gueuler comme des bêtes enragées. Ils sont peut-être toujours là. Ici ou ailleurs. Dans ma tête. Je voudrais juste dormir. Mais si je ferme les yeux, je les vois. Je les vois mourir, encore et encore. Maman, papa...

Luttant contre ses propres pensées, Alice atteignit rapidement sa destination. Elle se concentra sur sa quête et scruta le terrain, repérant les fleurs blanches de la reine des Prés qui se dressaient fièrement parmi les herbes hautes. À genoux, elle cueillit délicatement les tiges, s'assurant de ne pas abîmer les autres plantes autour.

« Ça devrait suffire », murmura-t-elle en voyant le gros tas qu'elle avait formé près d'elle.

Tout à coup, un mouvement furtif attira son attention. Elle n'eut pas le temps de réagir qu'une silhouette se redressa et se jeta sur elle. C'était une femme maigre, aux traits fatigués, mais pleine de fougue et de force pour son gabarit. Surprise, Alice recula instinctivement et manqua de tomber dans l'eau marécageuse. Elle voulut demander qui était cette femme et si elle faisait partie du groupe des cavaliers, mais elle mettait toute son énergie à la repousser.

« Lâche-ça ! » cria l'autre en passant derrière Alice pour se cramponner à son sac à dos.

Elle tira la jeune fille en arrière avec violence, à tel point qu'Alice eut peur qu'elle lui déboite les deux épaules. Le sac glissa par terre et la femme, rapide, s'enfuit en courant.

« Non, attends ! » s'écria Alice, trop tard.

Regardant autour d'elle, elle réfléchit un instant.

« Bon, ce n'était que du pain et des fruits secs. Tant pis. Je ne vais pas la poursuivre pour si peu. Elle était sûrement désespérée, elle aussi », se dit-elle.

Elle tremblait en se massant les clavicules. C'était la première fois qu'on l'agressait directement et qu'elle se battait à mains nues.

« Ça m'apprendra à me promener sans être armée. J'aurais dû demander un couteau à Marilyn. Et dire que toutes nos armes sont restées en forêt, je n'ai même pas pensé à en ramasser une seule avant de fuir. Je ne suis qu'une idiote. Ça aurait pu très mal finir. »

Alice ramassa la pleine brassée de Reine-des-Prés et rentra sans demander son reste. Dès son retour, elle alla directement au chevet de Lucas qui s'était à nouveau évanoui. Il ne bougeait plus et peinait à respirer. Marilyn demanda à Alice où était passé le sac, mais celle-ci secoua simplement la tête et la vieille dame n'insista pas. Pendant l'absence d'Alice, elle avait badigeonné la pommade d'achillée sur le corps de Lucas. Puis, sans attendre, elle avait plongé du plantain lancéolé dans de l'eau bouillante et déposé les feuilles refroidies sur les brûlures, en s'assurant de bien recouvrir toutes les zones endommagées. Elle avait fixé le tout avec plusieurs bandages.

« Je fais tout ce que je peux, mais ce traitement de fortune ne suffira pas vu l'ampleur des dégâts. Il lui faudrait des antidouleurs, du tulle gras et des antibiotiques, car ça pourrait s'infecter… » commenta-t-elle, l'air penaud.

Alice eut une idée.

« Le village voisin. Mes parents y allaient autrefois, ils m'en ont parlé. Il y avait bien une vraie pharmacie là-bas non ?

- Tout est tombé en ruines depuis longtemps. Le village a été attaqué bien avant le nôtre, avant ta naissance. On nous a dit que la pharmacie avait été vandalisée, il ne doit rien rester depuis le temps. Ceci dit, avec un peu de chance… Mais non, oublie cette idée. C'est beaucoup trop loin et dangereux ! Quarante kilomètres aller-retour, peut-être pour rien. Et si tu croisais à nouveau une horde de fous furieux ? Et où dormirais-tu ? Et si tu ne revenais pas ?

- Tu as une autre solution ?

- Hélas non, ma belle. Mais…

- Je vais y aller, dès aujourd'hui. Je ne pourrais pas me pardonner de regarder mon frère mourir lui aussi, en restant les bras croisés. Je vais me préparer et je passerai la nuit à l'abri des regards. Je serai de retour demain midi, en marchant bien. Sinon… fait tout ton possible pour sauver Lucas et garde-le près de toi pour qu'il grandisse en sécurité », dit Alice d'une voix ferme.

Marilyn soupira, mais ne protesta pas. Elle savait que la situation était critique pour Lucas et qu'il n'y avait pas de temps à perdre. De toute façon, la jeune fille ne changerait pas d'avis.

« Très bien. Je te promets de veiller sur ton petit frère. De ton côté, sois bien prudente.

- Promis. Je vais récupérer ce qu'il reste à sauver chez moi et je reviens ici pour tout déposer avant de partir pour la pharmacie. À tout à l'heure. »

C'était déjà le début d'après-midi. Alice commençait à sérieusement ressentir la fatigue de la nuit blanche et le sandwich que Marilyn l'avait forcée à avaler lui pesait sur l'estomac. Il allait falloir affronter ce qu'elle redoutait par-dessus tout. Retourner chez elle pour récupérer les affaires qui restait et si possible des armes. Elle ne se ferait plus avoir. Qui sait ce qui l'attendait en chemin ?

16

Pour rejoindre sa maison, Alice passa par la place principale où les décombres et les traces de l'attaque étaient encore visibles. Son œil se perdit un instant dans la ruelle qui jouxtait l'église et quelque chose attira son attention. Elle prit son courage à deux mains et s'approcha de l'homme couché sur le dos, à terre, dont le visage lui était familier. Oui, c'était bien lui. L'assaillant qui avait fendu son père en deux.

« J'espère que tu as souffert, sale ordure. »

Elle allait faire demi-tour lorsqu'elle remarqua le manche en bois qui dépassait, coincé sous le corps. Elle l'attrapa et tira dessus. La machette de sa mère… Le métal était encore couvert de sang séché. Son cœur se serra de colère et de tristesse. Elle se remit en route, passant par l'arrière des maisons pour éviter de recroiser les cadavres des gens qu'elle connaissait. Entre deux hangars de ferme, elle crut rêver lorsqu'elle découvrit le fusil de son père, caché derrière un ballot de paille. Elle saisit l'arme et vérifia si elle était chargée, mais il n'y avait plus de cartouche.

« Peut-être que l'assassin de papa ne voulait pas s'encombrer d'un fusil devenu inutile ? Il a dû le planquer là en attendant la fin de l'attaque pour chercher calmement de quoi le recharger. Sauf qu'il n'a jamais eu l'occasion de le récupérer… Tant mieux pour moi », pensa-t-elle.

Avec le fusil en bandoulière, Alice repartit sans s'arrêter jusqu'à son ancien foyer. En l'atteignant, un frisson glacial lui parcourut l'échine. Un râle déchirant venait de l'autre côté, vers le jardin. Elle fit le tour prudemment et la première chose qu'elle vit fut l'homme qui avait supplié sa mère de lui venir en aide, la balle de plomb de son père logée dans le ventre. Bel et bien mort, cette fois. Plus loin, l'autre pilleur dont il manquait la moitié de la tête était toujours couché près du paillasson. C'est alors qu'elle tourna la tête et vit d'où provenaient les gémissements d'agonie. Le cheval… Dans sa fuite, elle n'avait pas fait attention à l'animal qui avait tenté de sauter au-dessus des barbelés du jardin pendant l'attaque. Il était toujours enchevêtré dans les fils de fer, à bout de force. Il avait dû lutter longtemps pour se libérer, aggravant encore ses blessures. Alice s'agenouilla à ses côtés, caressant doucement sa crinière. Elle savait qu'elle devait l'achever.

« Je reviens. Il me faut des munitions », lui souffla-t-elle, horrifiée.

En poussant la porte d'entrée, Alice fut accueillie par une pièce méconnaissable : les meubles étaient renversés, les objets éparpillés et des éclats de verre scintillaient sur le sol comme des souvenirs brisés. La maison, autrefois un refuge chaleureux, donnait l'impression d'avoir été prise au cœur d'une tornade. La jeune fille avança lentement, lourde de chagrin, avant de s'effondrer à genoux. L'émotion la submergea et elle laissa échapper ses pleurs en un torrent de malheur et d'amertume. Si seulement elle pouvait remonter le temps… Elle se sentait vide et n'arrivait pas à se relever, comme si le sol était devenu un océan de découragement voulant l'engloutir. Elle se laissa aller, pensant à ce qu'elle avait perdu et qu'elle ne pourrait jamais retrouver. Elle pleura pour sa mère, pour son père, pour Lucas blessé, pour les étreintes perdues, pour ses voisins innocents, pour le cheval en fin de vie, pour les poules disparues, pour les rires autour de la table, pour les soirées passées à raconter des histoires, pour la forêt brûlée, pour les jeux dans le jardin, pour la fin du monde… pour toute cette folie.

Enfin, après un moment qui sembla une éternité, Alice se sentit libérée d'un poids. Elle essuya ses larmes et se redressa. Elle ne pouvait pas abandonner. Elle avait toujours son frère et il avait le droit de retrouver un semblant de vie, même au milieu des ruines. Déterminée, elle se dirigea vers l'armoire qui cachait le débarras et la poussa.

« Ces idiots n'ont pas trouvé l'entrée... »

Pour éviter de devoir revenir, elle attrapa deux grands sacs qu'elle remplit de tout ce qu'elle jugeait utile, non seulement pour son aller-retour à la pharmacie, mais aussi pour plus tard.

« Rien ne doit manquer. Je dois penser à tout. Des provisions, des armes et des objets essentiels », dit-elle à voix haute.

Alice récupéra quelques boites de conserves et des bocaux en verre, dont un contenant des fruits au sirop, ainsi que des paquets de pâtes et de riz, des céréales, un peu de viande séchée, des fruits secs et même un paquet de biscuit qui lui était inconnu. Elle avait conscience qu'il faudrait rationner, le temps de trouver une solution sur le long terme. Parce qu'il leur faudrait bien survivre, Lucas, Marylin et elle.

À quoi bon ? Errer dans le néant, grandir dans les décombres et la poussière. Rien au bout du chemin. Pathétique, minuscule, tu seras écrasée par un monde qui ne veut pas de toi. Plus d'avenir. Pourquoi lutter ? Pour crever demain, dehors, affamée ou égorgée ? Arrête ici, ferme les yeux et attends que le vent t'emporte. Plus la force d'espérer. Plus de long terme possible. Seule la mort t'attend. Et Lucas aussi.

Elle chassa ses idées noires d'un coup de poing dans le mur, avant de s'asseoir en tailleur pour continuer à remplir un des sacs. Un tournevis, un marteau, un couteau-suisse, un canif et un pied-de-biche. Elle ajouta aussi plusieurs cartouches, une pierre à feu, une couverture de survie, la lampe dynamo, des piles, du fil de fer, une corde et même des crayons pour eux deux. Dans un recoin, elle dénicha une grande carte de France assez détaillée et une carte plus petite du département des Pyrénées-Orientales qu'elle décida d'embarquer pour les montrer plus tard à Lucas. Pour finir, avant de sortir du débarras, elle glissa un grand couteau de chasse dans un étui qu'elle accrocha à sa ceinture et retrouva le fourreau de la machette qu'elle parvint à attacher à la sangle du plus grand sac.

Dans la cuisine, elle remplit deux gourdes d'eau, au cas où, puis monta à l'étage où elle prit le temps de se laver et de se changer, avant de rassembler des vêtements pour son frère et elle. Les deux sacs bien remplis, il ne lui restait plus qu'à retourner chez Marilyn pour en déposer un, récupérer les sandwichs préparés par la vieille dame, avant de partir chercher les médicaments pour Lucas, bien équipée.

Avant de traverser le village en sens inverse, Alice sortit dans le jardin et chargea le fusil. Elle pointa le canon directement vers la tête du cheval et essaya de regarder ailleurs pour avoir le courage d'appuyer sur la gâchette. Mais rien à faire. Alice ne parvenait pas à tirer. Elle tremblait terriblement et retenait son souffle. Elle finit par abaisser son arme, récupéra le second sac au sol et décampa à toute vitesse.

Elle ne le savait pas encore, mais cette scène ferait partie de ses nombreux regrets. L'écume sortant de la bouche du cheval, la langue pendante, le regard affolé reflétant une profonde souffrance et les hennissements faibles, presque mélancoliques, la hanteront longtemps.

Alice mit presque cinq heures pour atteindre le village voisin où se trouvait la pharmacie et arriva dans la soirée, sous un ciel si rouge qu'il semblait saigner. Elle avait beaucoup de mal à réaliser que l'attaque avait eu lieu la nuit dernière et qu'elle n'avait pas encore fermé l'œil depuis. Heureusement, elle n'avait croisé personne en chemin. Elle était si fatiguée qu'elle avait à peine remarqué les nouveaux paysages qui s'offraient à elle. Dans un autre contexte, elle aurait été complètement euphorique de pouvoir ainsi franchir les frontières interdites de son territoire bordé par la forêt. Elle avait d'ailleurs préféré contourner cette dernière plutôt que d'y remettre les pieds, quitte à perdre un peu de temps.

La jeune fille avait décidé de camper à l'entrée du village pour aller récupérer les médicaments à la pharmacie le lendemain, à la première heure. Elle marchait le long d'une ancienne route goudronnée, en cherchant autour d'elle le meilleur endroit pour se poser, lorsqu'elle sentit une présence. Elle continua un peu, mais cette sale impression d'être suivie ne la quittait pas. Elle mit la main sur la garde de son couteau de chasse et se retourna brusquement en le dégainant. Dans le contre-jour du soleil couchant, une silhouette à quatre pattes recula, surprise, avant de s'arrêter un peu plus loin. Un chien. Grand, à la tête massive et à la carrure imposante, entièrement gris, avec des poils courts un peu boueux par endroits. Alice s'avança et put distinguer ses yeux marrons très clairs, qui avaient dû être d'un bleu éclatant lorsqu'il était encore chiot, à en juger par la teinte qui les marquait encore. Un Cane Corso.

Alice claqua plusieurs fois la langue pour voir sa réaction. Il pencha la tête sur le côté, mais ne montra aucun signe d'agressivité. Pas encore, du moins. Il faut dire qu'il n'avait pas besoin de ça pour imposer le respect. Elle ne prit pas le risque d'insister et reprit sa route, lentement, en regardant plusieurs fois par-dessus son épaule. Le gros molosse la suivait calmement, en gardant une certaine distance entre eux.

Un peu plus loin, elle découvrit un mur de briques fissuré qui l'abriterait du vent. Elle posa son sac et s'adossa. Elle s'était couverte de plusieurs couches de vêtements chauds pour éviter de devoir faire un feu, souhaitant dormir discrètement en mangeant simplement un sandwich au beurre et à la confiture avec un peu de viande séchée. Elle pensa à ses grands-parents maternels qui vivaient dans ce village. Son père lui en avait parlé un jour, mais elle n'avait pas le droit de les évoquer devant sa mère.

En la voyant déballer son repas, le chien s'approcha en se léchant les babines, avant de se coucher à quelques mètres. Cela fit sourire Alice. La présence tranquille, presque royale, du Cane Corso lui donnait du baume au cœur. Pour l'instant, il l'observait, la jaugeait. Ni démonstratif, ni indifférent. Il ne réclamait rien, mais s'il pouvait quand même obtenir un petit quelque chose…

« Toi aussi, tu es livré à toi-même ? », lui demanda-t-elle en lui lançant un bout de pain.

Le chien se précipita sur la nourriture. Il était plutôt maigre, mais cela n'enlevait rien à sa musculature puissante. Une vraie force brute de la nature. Elle regarda ses larges pattes aux coussinets qui pourraient recouvrir sa main entière, tout en continuant de lui parler. Il la fixait avec ses grands yeux doux, presque curieux.

« Tu es encore jeune, non ? À moins que tu sois plus vieux que tu en as l'air. On dirait que tu es déjà fatigué de cette vie errante. Ou alors la présence humaine te manque. »

Alice tendit lentement la main, comme pour l'inviter à se rapprocher. Le chien renifla l'air, hésitant, avant de ramper d'un drôle de façon, jusqu'à être tout prêt. Alice prit un petit morceau de viande séchée dans son paquet et le déposa devant son museau. Il l'engloutit sans attendre. La jeune fille sortit ensuite son sac de couchage, l'étendit contre le mur de briques et s'enroula dedans, prête à affronter la nuit. Elle se sentait moins vulnérable sous l'œil bienveillant du chien.

« Tu veux bien rester près de moi ? »

Contre toute attente, le molosse vint se coucher près d'elle, sans un bruit, suffisamment proche pour qu'elle ressente la chaleur de son corps. Il replia ses pattes et posa délicatement sa grosse tête sur le duvet. Alice n'en revenait pas. Elle le caressa doucement derrière l'oreille et il se laissa faire en grognant de plaisir.

« Méfie-toi de tout le monde, mais sache aussi accorder ta confiance aux bonnes personnes. Suis ton instinct… », murmura-t-elle pour elle-même en repensant aux paroles de sa mère. « Soit toi aussi tu suis ce précepte, soit tu te sens vraiment très seul. Dans les deux cas, je suis ravie que tu sois là, gros toutou. »

Le chien sembla soupirer.

« Pardon, c'est vrai que ce n'est pas terrible, comme surnom. Je vais t'appeler… Max ? Qu'est-ce que t'en dis ? » le questionna-t-elle en souriant.

Pour toute réponse, le chien ferma les yeux de contentement sous les gratouilles de sa nouvelle maîtresse.

« Parfait, prénom adopté. Bonne nuit, Max. Tu n'es plus seul désormais. »

18

À l'aube, Alice se réveilla en claquant légèrement des dents. Elle ne sentait plus le souffle chaud et régulier du chien sur sa nuque. En se redressant, elle s'aperçut immédiatement qu'il était parti. Elle scruta les environs, mais aucun Cane Corso en vue. Elle n'osa pas crier son nouveau nom, de peur de se faire repérer par d'autres présences peut-être moins amicales. Cela lui mit un coup au moral, mais elle avait une mission à remplir et devait se dépêcher. Lucas avait besoin de matériel médical au plus vite, chaque minute de retard pouvant être fatale pour son petit frère en proie à la douleur et à une potentielle infection.

Ce village était plus grand que le sien, mais elle repéra rapidement la pharmacie abandonnée et se faufila à l'intérieur par la porte brisée. Marilyn avait raison, des pilleurs étaient déjà passés par là et le bâtiment avait même l'air d'avoir été squatté. Les étagères étaient renversées et des déchets éparpillés partout. Des boites de médicaments vides trainaient encore au sol. Alice fouilla rapidement, sans trop d'espoir, avant de passer derrière le grand comptoir. Elle trouva une porte automatique, un peu tordue et enfoncée en son centre par quelqu'un qui avait visiblement essayé de la défoncer avec l'extincteur posé là. À côté, un boitier comprenant des chiffres avait été complètement explosé, mais cela n'avait pas suffi à ouvrir le passage.

« C'est peut-être bien mon jour de chance. »

Alice sortit le pied-de-biche de son sac et entreprit de forcer la porte déjà abîmée. Elle utilisa tout son poids et entendit la porte crisser, avant de céder sous la pression. À l'intérieur, dans divers casiers coulissants, elle trouva presque tout ce dont elle rêvait. Des bandages, des pansements stériles, du tulle gras, du spray antiseptique et des médicaments contre la douleur. Elle prit également quelques paquets au hasard, car elle ne connaissait pas le nom des antibiotiques. Elle laissa tout le reste, pour que cela serve à d'autres si besoin.

« Je lirai les notices plus tard et Marilyn s'y connaitra mieux que moi… », murmura-t-elle en remplissant son sac.

Au même moment, elle sursauta en entendant une voix ferme s'adresser à elle.

« Depuis quand les voleurs envoient des gamines pour se ravitailler ? Tu n'as rien à faire dans ma pharmacie. »

L'homme devant elle était grand et assez costaud. Ses vêtements étaient propres et il portait une blouse blanche, comme s'il attendait des clients.

« Votre pharmacie ? Vous travailliez ici, avant ? » demanda Alice, méfiante.

« En effet. Et j'y ai élu domicile à l'étage depuis que le village a été détruit, y compris mon ancienne maison », répondit l'homme qui la regardait par-dessus des lunettes rondes dont un des verres était fêlé.

« Vous devez avoir connu mes grands-parents… Vous êtes encore nombreux à avoir survécu ? Je n'ai croisé personne en arrivant. »

Sans répondre, l'ancien pharmacien s'approcha d'Alice pour mieux la détailler. Elle recula légèrement, par réflexe.

« Je cherche juste des médicaments pour mon frère qui a été brûlé. Je ne veux pas d'ennuis. »

L'homme lui sourit d'un drôle d'air, avant d'ajouter :

« Il n'y a aucun souci. Tu peux embarquer ce que tu as mis dans ton sac. Simplement, tu te doutes bien que ce n'est pas gratuit, ma jolie. »

Flairant le piège, Alice réfléchit au meilleur moyen de rejoindre l'extérieur. Elle paraissait calme, mais son instinct lui criait de fuir. Elle se trouvait toujours dans la réserve, entre deux rangées étroites de casiers contenant des médicaments et l'inconnu lui bouchait le passage vers la sortie.

« Très bien. J'ai des tas de choses qui pourraient vous intéresser dans mon sac. Peut-être qu'on peut retourner dans la pharmacie où j'aurais la place pour le vider. On pourra faire un échange. »

À peine avait-elle fini sa phrase que l'homme se jeta sur elle, la plaquant contre le métal froid.

« Je me fous du contenu de ton sac. Tu vas me donner ce que je veux et après je te laisserai partir », dit-il tout en commençant à déboutonner son pantalon.

Alice parvint à dégager sa main gauche et dégaina son couteau de chasse accroché à sa ceinture. Elle le pointa directement vers la jugulaire de l'homme.

« Recule ! Allez, recule, j'ai dit ! »

L'homme lui tourna le dos pour rejoindre nonchalamment l'entrée de la réserve.

« Oh là là, tout doux, ma belle. Pas la peine de s'énerver. Je sors, regarde. »

Alice le suivait, tout près, l'arme toujours dressée droit devant elle. Elle réfléchissait à la suite lorsque, rapide comme l'éclair, le pharmacien ramassa le pied-de-biche qu'elle avait laissé au sol et se retourna pour lui asséner un coup sur le bras. La jeune fille hurla de douleur et lâcha son couteau. L'homme se précipita derrière elle et balança son sac avant de l'immobiliser. Il la fit tomber à genoux, puis il s'allongea sur le sol en la faisant basculer sur lui.

La jeune fille vivait la scène au ralenti et son cerveau n'arrivait plus à réfléchir pour trouver une solution de secours. Elle ne faisait pas le poids. Son dos était collé au ventre de l'homme dont la main était assez grande pour enserrer ses deux poignets. Elle était tellement tétanisée qu'elle ne pensait pas à se débattre. L'homme glissa son autre main sous ses couches de vêtements, jusqu'à atteindre son soutien-gorge.

« Laisse-toi faire. Laisse-toi faire et tout ira bien »,
lui susurrait-il.

Les yeux grands ouverts, Alice gémissait sans s'en
rendre compte, en serrant les dents et en retenant sa
respiration. Les mains baladeuses continuaient de se
promener sur sa poitrine. La terreur la paralysait, tous
ses muscles étaient contractés.

*Tout va bien. Je ne suis pas là. Juste mon corps. Ce
n'est rien, un corps. Moi, je suis loin. Il ne peut pas
m'atteindre. Ses mains sur moi. Les doigts aux ongles
crasseux, insistants. Ça bouge. Ça pétrit. Chut, n'y
pense pas. Je devrais… crier ? Mais je ne suis pas là.
Je disparais. Engourdie. Non, envolée. Un petit
oiseau. Dans son bec, une coquille vide. C'est moi.
Cendre froide et sueur. Écœurant, écœurant,
écœurant. Tiens, le plafond s'effrite. Des lézardes
serpentent. Lézards sans pattes aux veines noires.
Courant sous une peau de plâtre malade. Petits
morceaux qui s'accrochent encore. Fragiles, prêts à
tomber. Comme moi. C'est ça, concentre-toi.
Horizon bouché. Ciel d'intérieur qui ne me touche
pas. Ici, une tache. Un halo brun, délavé par le
temps. Brûlure ancienne ou plaie ouverte. On dirait
presque un œil. Oui… un œil sans paupière. Il me
fixe. Il sait. Il voit tout. Des ombres rampent le long
des fissures pour se glisser dans les coins. Comme
ses doigts. Là, une araignée qui danse dans sa toile.
Fine, délicate. Un piège suspendu. Un piège… Qui se
referme sur moi. Comme ses doigts.*

Et puis, soudain, un bruit. Réel, en dehors de sa tête. Un grondement sourd, primitif et menaçant. Était-ce elle qui grognait ainsi ? Non… Alice tourna lentement la tête et reconnut le molosse qui se tenait dans l'embrasure de la porte. Il montrait les dents en s'avançant, le poil hérissé et la queue droite.

« Max ! » arriva enfin à articuler Alice, les larmes lui montant aux yeux.

Les halètements de l'homme s'interrompirent et il lâcha prise. Aussitôt, Alice roula sur le côté, tremblante, et prit une grande inspiration. Elle récupéra rapidement son sac, son couteau et son pied-de-biche pour se placer derrière le Cane Corso. Tout comme le chien, elle pouvait sentir la peur envahir le violeur toujours au sol, les bras devant lui en signe d'apaisement. Le regard de l'homme passait du chien à la jeune fille, l'air suppliant. Alice hésitait, mais finalement, Max décida pour elle. Avant qu'elle n'ait pu réagir ou prononcer un mot, il s'élança pour attaquer. Un seul grand bond pour atterrir de tout son poids sur l'homme à terre. Alice s'éloigna en courant vers la sortie. Elle s'enfuit, sans se retourner, en plaquant les mains sur ses oreilles pour faire taire les cris. Elle courut ainsi jusqu'au mur de briques où elle avait passé la nuit et se recroquevilla. Elle pouvait imaginer la scène. Les dents du chien plantées dans la chair du cou. Max qui ne lâchait pas prise. L'homme qui tentait de repousser l'animal en sachant que c'était inutile. Plaqué au sol à son tour, suffocant, la respiration de plus en plus rauque et désespérée.

« Allez, debout. Relève-toi, il faut rentrer à présent. Retrouver Lucas », se motiva-t-elle au bout d'un moment, en relevant la tête de ses genoux.

Max était là. Il l'attendait tranquillement, comme s'il voulait s'assurer qu'elle allait bien. Il s'avança doucement, presque à tâtons. Alice lui tapota le haut du crâne en lui chuchotant de tendres remerciements avant de reprendre enfin la route du retour. Avec son protecteur à ses côtés.

Elle n'eut pas la force d'aller vérifier si son agresseur était encore en vie. Au vu de la gueule et du poitrail ensanglantés de Max, elle pensait connaître la réponse.

19

Sur le chemin du retour, Alice coupa court en prenant par la forêt. Elle n'était plus à un traumatisme près. La trajectoire la plus rapide passait à proximité du chalet de bois incendié qui avait servi d'abri à ses voisins. Elle voulut s'approcher, mais failli vomir tant l'odeur âcre de chair brûlée mêlée aux cadavres empestait l'air. Le silence qui régnait était absolu, épais, presque tangible. Chaque pas soulevait un nuage de cendres qui s'élevaient en retombant paresseusement, comme si elles se sentaient coupables et n'osaient plus fouler cette terre morte. Max avançait devant Alice, la truffe basse et le pelage maculé de noir par endroits. Il ne remuait plus la queue. Il savait, il sentait que quelque chose de grave s'était produit ici. La forêt n'était plus qu'un cimetière de troncs calcinés. Des squelettes noirs dressés vers un ciel livide.

Alice avait l'impression que cette puanteur de fin du monde s'incrustait dans ses vêtements, par tous les pores de sa peau. Les résidus de l'incendie formaient un tapis qui amortissait le son de ses bottes, telle la neige un matin d'hiver. Il n'y avait plus rien à sauver ici. Elle n'arrivait pas à détacher ces yeux des poutres noircies au milieu des débris informes. Une chaise carbonisée, un lit de camp à moitié fondu, une boîte de conserve éclatée. Max s'arrêta et gratta un amas grisâtre. Quelque chose dépassait. Un os ? Non… Juste un bout de métal. Plus loin, un collier en cuivre.

Un frisson traversa Alice. Elle reconnut la chaine de Thomas. Elle la fit tourner entre ses doigts un instant avant de la mettre dans sa poche. Un reste de lui, de son existence.

Ils étaient là-dedans. Pour chercher refuge entre ces murs. Maintenant sous les décombres, réduits en poussière et en volutes de fumée. Serre les poings, ne reste pas là. Ce n'est plus une forêt, mais un tombeau. Peut-être que c'est ça, au fond. Tout finit par s'effacer et se réduire en miettes portées par le vent. La brise est douce sur les papillons de suie qui flottent, légers et indifférents. Petits spectres cendrés qui me frôlent le visage et qui dansent devant mes yeux. Une caresse de la part des morts ? Ça tourbillonne, se déchire et disparaît. Ça ne pèse rien. Comme la vie.

Plus loin, Alice tomba sur une petite flaque d'eau, miraculeusement préservée, en bas d'un talus. Pour arrêter le cours de ses pensées, elle y plongea les mains et se rafraîchit. Elle en profita pour débarbouiller le sang séché qui recouvrait toujours le chien.

Lorsqu'ils atteignirent enfin le village, il était déjà midi passé. Alice trouva Marilyn au chevet de son frère, veillant sur lui. Elle lui tendit tout de suite les médicaments et la vieille dame s'empressa de tamponner les brûlures avec l'antiseptique doux sans alcool. Puis, elle appliqua à nouveau sa pommade d'achillée qu'elle recouvrit cette fois avec le tulle gras qu'Alice avait rapporté. Elle força le petit à avaler plusieurs cachets pour calmer la douleur et faire descendre sa température. Car Lucas était conscient, mais rouge et brûlant. Il tremblait beaucoup et divaguait.

« J'ai cru le perdre deux fois pendant ton absence, Alice. Il est épuisé et la fièvre est en train de l'emporter. C'est plus grave que je n'aurais cru. Il n'est pas sorti d'affaire. Il faut le garder hydraté et continuer de lui faire boire des tisanes de Reine des prés », annonça Marilyn, peinée.

Alice regarda son petit frère dont la respiration était laborieuse. Une boule se forma dans sa gorge.

« Lucas ? Je suis de retour », murmura-t-elle.

Mais le petit ne répondit pas. Ses sourcils étaient froncés, comme s'il luttait intérieurement. Au même moment, on gratta à la porte. C'était Max, qu'Alice avait laissé dehors.

« Qu'est-ce que c'est que ça ? » s'exclama Marilyn en découvrant le chien assis devant la porte, la langue pendante et les yeux souriants.

« Il m'a sauvé… Je vais m'en occuper, promis. Je lui dois bien ça », répondit Alice.

« Pas question qu'il entre. Il pourrait être porteur de parasites et de maladies ! Lucas n'a pas besoin de ça en plus de ses brûlures », râla Marilyn.

« D'accord, mais je ne veux pas qu'il se sente abandonné. Je vais lui préparer un coin confortable pour qu'il puisse dormir, à l'abri sous l'auvent », dit Alice en baissant les yeux.

Marilyn l'autorisa à prendre un plaid et une couverture pour lui aménager un espace douillet à l'extérieur.

« Reste là s'il te plaît. Je sortirai te voir souvent et on ira même se promener, je te le promets. »

Le chien posa sa truffe dans la paume de sa nouvelle maîtresse. Après une dernière caresse, Alice rentra à l'intérieur et passa le reste de l'après-midi avec son petit frère. Dans la poche du pantalon qu'il portait dans la forêt, elle découvrit son dictaphone. L'idée la tenta de s'enregistrer pour que Lucas puisse l'écouter plus tard. Elle appuya sur le bouton d'enregistrement et commença à chanter, sa voix douce emplissant la pièce.

Petit frère, prends ma main, viens,

Sous le ciel bleu, loin des chagrins,

Le vent danse avec les fleurs,

On sera forts, n'aie pas peur.

Quand la tempête rugira, je serai là,

Comme la montagne, je ne tremblerai pas.

Le monde est vaste, mais ne t'inquiète pas,

On s'aime assez pour franchir tout ça.

Sous les étoiles ou dans les champs,

Notre lien est un pont, solide et brillant.

Petit frère, main dans la main,

Toujours ensemble, jusqu'à demain.

« Quand tu te sens triste, écoute ça. Ça te rappellera que je suis toujours là pour toi », ajouta-t-elle pour terminer.

Alice espérait que ce chant serait un petit trésor pour son frère, une sorte de réconfort dans les moments difficiles. Les paroles étaient librement inspirées d'un poème issu de la collection de ses parents, ce qui la rendit nostalgique. Elle observait les yeux de Lucas se déplacer rapidement sous ses paupières closes, semblant en proie à un cauchemar.

Au fil des heures, Lucas commença à murmurer des mots incohérents, ses hallucinations prenant forme dans son esprit troublé. Des visions agitées qui continuèrent jusque tard dans la nuit.

Trop chaud. Trop froid. Trop tout. Souffle de feu qui me consume. Gorge sèche, râpeuse. Tousse. Crache tes poumons couverts de cendres. Coincé dans ce corps brûlant. Pris au piège. Mes os qui rouillent. Ma peau me serre, écorce trop étroite. Elle voudrait craquer, s'ouvrir en deux et me laisser m'échapper. Les arbres bougent. Ils se penchent, leurs branches s'allongent, s'étirent. Maman, cours. Ils veulent t'écraser. Ne laisse pas les racines s'enrouler autour de toi pour t'étouffer. Maman, tu ne vois pas ? Ils grincent en marchant. Ils arrivent, avec leurs visages aux bouches fendues. Maman, ils vont t'attraper, pourquoi tu ne cours pas ? MAMAN !

Le temps s'étira dans une torpeur pénible et éprouvante. Sa sœur lui tenait fermement la main, incapable de dormir, impuissante. Elle murmurait des mots d'encouragement, espérant que sa seule présence suffirait à le ramener à la réalité.

Les heures passèrent et le matin commença à poindre, teintant le ciel de nuances orangées. Au fur et à mesure que la lumière s'invitait à travers les fenêtres, Lucas paraissait s'apaiser. Ses divagations perdirent en intensité. Finalement, il émergea lentement de son sommeil, en ouvrant les yeux avec difficulté. Il scruta la pièce, cherchant à comprendre où il était.

« Alice ? » murmura-t-il lorsque sa vision floue redevint nette.

Sa sœur sortit d'un bond de l'état de somnolence dans laquelle elle avait fini par tomber.

« Lucas ! » s'exclama-t-elle, la voix tremblante d'émotion. « Ça va mieux ? »

Lucas hocha la tête, fatigué et les traits tirés. Elle lui sourit et l'aida à se redresser légèrement, avant de le prendre dans ses bras, soulagée.

20

L'enfant mit plusieurs jours à se remettre. Marilyn lui préparait des bouillons de légumes avec des croûtons de pain pour qu'il reprenne des forces. Il mangeait avec appétit et retrouvait de l'énergie à vue d'œil. Pendant ce temps, Alice allait se promener avec Max qui la suivait partout dès qu'elle mettait le nez dehors. Quand il s'ennuyait tout seul, le chien disparaissait vers les marais ou le petit bois environnant la maison de Marilyn. Heureusement, l'incendie de la forêt ne s'était pas étendu jusque-là. Le chien avait un instinct naturel pour chasser et il revenait souvent avec de petites proies comme des lapins ou des oiseaux pour se nourrir.

Une semaine après l'attaque, Alice profita d'un instant de calme aux côtés de Marylin pour la remercier. Elles faisaient toujours la vaisselle ensemble, formant un duo efficace, la jeune fille nettoyant et la vieille dame essuyant dans une chorégraphie parfaitement orchestrée.

« Merci pour tout, je ne sais pas ce que j'aurais fait sans toi. Je suis sûre qu'il serait mort.
- Ne pense pas à ça. Lucas est fort, tout comme sa grande sœur. Mais dis-moi, au fait, tu ne m'as jamais dit de quoi le chien t'avait sauvée ?
- Je me suis fait agresser, là-bas, au village. Il y avait un homme. Soi-disant le pharmacien…

- Tu peux tout me dire, Alice, tu sais. Que s'est-il passé ? Rien de grave, au moins ?
- Ne t'inquiète pas. Max était là et il a réglé le problème. »

Alice préférait effacer ce souvenir de sa mémoire. Elle n'avait rien mentionné à Lucas non plus. Pour changer de sujet, elle voulut à son tour faire parler la vieille dame.

« Et toi, comment tu as fait pour survivre lors de l'attaque ? »

Marilyn se dirigea vers la table du salon et en caressa la surface, pensive.

« Je ne voulais pas fuir. Je suis vieille et ça a toujours été ma maison. Je serais restée là, quoi qu'il arrive. Ce n'est pas que j'attendais la mort, mais disons plutôt que j'ai passé l'âge de jouer à cache-cache. Je me suis donc installée ici, assise sur cette chaise, dans le noir. Je les ai vus passé au galop, sans s'arrêter. L'un d'eux a fait un détour par le jardin, exprès pour que les sabots de son cheval ravagent toutes mes fleurs, puis il a rejoint les autres. Je les entendais tout saccager et j'ai pensé que j'étais probablement devenue invisible. Moi et ma maison. Mais finalement, un homme est arrivé, vers la fin. Je n'ai pas bougé. Je me tenais bien droite. Il m'a vu dans l'obscurité. On s'est regardés un moment, dans un drôle de face-à-face muet. Puis, il a attrapé le gros pain rond sur la table et il a fait demi-tour. Un peu plus tard, un autre s'est dirigé par ici, mais j'ai entendu crier au loin qu'il n'y avait rien là-dedans, mis à part une sorcière. Le type a ri et a renoncé à vérifier par lui-même. Ils ne sont pas repassés devant la maison, je crois qu'ils ont quitté le village de l'autre côté, en contournant la forêt qui brûlait, peu avant l'aube. »

Après ces paroles, la vieille dame alla remplir un verre d'eau et le but d'un trait.

« Tu as eu énormément de chance », lança Lucas qui avait tout entendu, appuyé contre un oreiller.

« C'est vrai. Ou peut-être pas. Crois-moi, j'aurais volontiers donné ma place pour que d'autres vivent. Mais peut-être que cela devait se passer ainsi pour une bonne raison. Parfois, le cours des choses nous échappe », répondit Marilyn. « Comment tu sens-tu, à présent, mon garçon ? »

Lucas leva un pouce en l'air.

« Bien mieux. Je crois que je vais m'en sortir. »

Cela les fit rire tous les trois. Depuis deux jours, Lucas réclamait à marcher, ne supportant plus d'être avachi toute la journée sur le canapé. Le torse encore bandé, il essaya à nouveau de prendre appui sur l'accoudoir et posa les pieds à terre. Sa sœur n'était pas dupe, elle voyait qu'il contractait la mâchoire pour ne montrer aucun signe de souffrance. Mais il était tellement déterminé qu'elle le laissa faire, cette fois. Marilyn alla l'aider, en l'encourageant avec douceur. « Prends ton temps, Lucas, chaque petit pas est une victoire. Tu vas être un peu essoufflé, au début. »

Alice les laissa et sortit dans le jardin. L'air frais du matin la revigora et lui permit d'arrêter de penser au récit de Marilyn. Le soleil perçait à travers le feuillage d'un hêtre solitaire, créant des motifs mouvants sur la terre. Elle se dirigea vers un tas de bois à couper afin de réapprovisionner Marilyn pour plus tard, lorsque l'été serait fini.

« Lucas sera bientôt à nouveau en forme. Où serons-nous, cet hiver ? Qu'allons-nous faire ? Rester ici ? » se demandait-elle, sans parvenir à imaginer l'avenir.

La jeune fille était ravie que les antidouleurs fassent si bien effet sur son frère et que sa santé s'améliorait grandement. Par contre, il ne parlait jamais des évènements récents et cela l'inquiétait. Lucas semblait occulter l'attaque, le décès de leurs parents et l'incendie.

« Il essaie sûrement de se protéger. Après un traumatisme, chacun réagit différemment. J'aimerais qu'il m'en parle pour se libérer d'un poids, mais je ne veux pas lui mettre la pression. Il vaut mieux que je lui laisse du temps pour digérer ce qu'il a vécu. Si je force les choses, il pourrait se refermer davantage. Mais s'il pensait devoir porter ce fardeau tout seul ? Il faut quand même que je l'encourage à partager ses sentiments », réfléchissait-elle tout haut, un peu perdue.

Elle entendit soudain des aboiements proches, suivis d'un étrange bruit de branches cassées. Le buisson le plus proche se mit alors à bouger et Alice saisit sa hache à deux mains, prudente.

« Qui va là ? »

Le Cane Corso fit alors son apparition, traînant un chevreuil mort par une patte.

« Max ! Qu'est-ce que tu as fait ? » s'écria Alice, ne sachant pas si elle devait le féliciter ou le réprimander.

Le chien tournait autour de sa proie, remuant la queue, l'air fier de son exploit. La jeune fille se pencha pour examiner l'animal, puis appela Marilyn. Cette dernière sortit avec Lucas qui se tenait à son bras.

« Tiens, voilà qu'il se rend utile, ton sauveur ! Je vais vous montrer comment découper la viande et on va faire un bon ragoût. Alice, va me chercher le couteau à désosser », dit la vieille dame en remontant déjà ses manches pour se mettre au travail.

Le soir même, ils étaient attablés tous les trois pour la première fois. La viande du chevreuil était excellente et parfaitement cuite. Après le repas, Marilyn autorisa enfin le chien à dormir dans le salon, à l'intérieur. Il avait mérité sa place. Le chien s'allongea, à l'aise et repu des restes de la carcasse.

Lucas avait quitté le canapé pour s'installer dans une chambre avec sa sœur, en face de celle de Marilyn. Dans le noir, enfoui sous la couverture, il osa aborder un sujet qui lui tenait à cœur, mais qu'il taisait depuis plusieurs jours. Il craignait la réaction d'Alice. Il ne savait pas si elle allait comprendre et il ne voulait pas essuyer un refus. Il serra le poing pour se donner du courage.

« Alice… Tu te souviens quand maman et papa nous ont parlé de leur rêve ? On devait le réaliser tous ensemble. On a même conclu un pacte », commença Lucas d'une voix hésitante.

Sa sœur se tourna sur le dos et réfléchit. Enfin, il se lançait dans une discussion qui touchait à leurs parents. Elle devait le laisser embrasser cette voie, persuadée que c'était le meilleur moyen pour faire son deuil.

« Oui, je sais. C'était très important pour eux de monter un jour au sommet du mont Canigou. Je suis vraiment désolée qu'ils ne soient plus là et qu'ils n'aient jamais eu la chance de réaliser cette folie. Si tu savais comme ils me manquent », avoua Alice, les larmes aux yeux.

« À moi aussi. Une fois, quand on était seuls avec papa, il m'a expliqué que ce n'était pas qu'une question de paysage ou de caprice de jeunesse. C'était un voyage symbolique. Il m'a dit que l'ascension devait représenter des choses comme l'unité familiale, les retrouvailles avec soi-même, la libération de notre condition et la réconciliation avec le monde », répéta Lucas en prenant une grosse voix.

Alice secoua la tête en riant.

« Je reconnais bien papa et ses grands mots, quand il était sentimental. »

Elle savait très bien où son frère voulait en venir. Il misait sur elle pour le guider et elle ne pouvait pas laisser cet espoir se dissiper dans les bras du temps. La décision devait être prise, maintenant.

« S'il a ce projet en tête, c'est pour avoir un objectif. Ça va l'aider à guérir. Si on se lance dans cette aventure, il ira mieux, physiquement et mentalement », pensa-t-elle.

« C'est notre tour maintenant, on doit reprendre le flambeau et respecter la promesse de nos parents. J'en ai besoin, Alice… », continua Lucas, confirmant le sentiment de sa sœur.

Alice resta silencieuse un moment puis s'allongea sur le côté pour poser une main réconfortante sur le bras de son petit frère.

« Tu as raison. On doit le faire. Pour eux », renchérit-elle.

« Alors on va partir ? On va vraiment y aller ? Promis ? » s'excita Lucas.

Alice riva son petit doigt à celui de son frère.

« Promis. Et on va y arriver. Tu sais pourquoi ? », demanda-elle avant de se pencher pour lui murmurer : « Parce qu'on sera ensemble. Qu'on ne se laissera jamais tomber. Et qu'on n'abandonnera pas tant qu'on ne sera pas en haut du Canigou. »

Elle embrassa bruyamment Lucas sur sa joue ronde.

« Maintenant, dors, gros bébé joufflu. »

Lucas lui tira la langue dans le noir.

« Ce n'est pas ma faute si elles n'ont pas fondu, contrairement au reste ! » répondit-il.

Ils éclatèrent de rire dans le noir, insouciants et complices. Puis, ils finirent par s'endormir l'un contre l'autre, unis par la promesse faite à la mémoire de leurs parents. Une manière de les honorer, de prouver qu'ils pouvaient encore gravir une montagne, en vivant à travers leurs enfants. C'était leur héritage. Leur mission. Pour que ce rêve ne soit pas mort, lui aussi.

21

Un après-midi, Alice et Lucas s'étaient assis en tailleur par terre, les deux cartes récupérées dans le débarras étalées devant eux. Ils réfléchissaient au chemin le plus sûr et le plus rapide pour les mener au Mont Canigou.

« Tu vois, nous devrons d'abord traverser l'Hérault par le parc naturel régional du Haut Languedoc. Il y a sûrement de très beaux sentiers là-bas et ça nous permettra surtout d'éviter les villes », proposa Alice, en pointant du doigt un lieu coloré en vert.

 « Oui, bonne idée. Plus nous resterons loin des zones encore peuplées, mieux ce sera », répondit Lucas qui observait attentivement les lignes et les reliefs.

« Ensuite, nous pourrons passer par l'Aude et le parc naturel régional des Corbières Fenouillèdes. Les paysages doivent être magnifiques et on pourra facilement camper au milieu de nulle part », poursuivit Alice.

« Avec un peu de chance, vous trouverez du raisin sur les anciennes vignes. C'est la période ! » ajouta Marilyn qui les observait depuis le canapé.

Ils avaient eu une longue discussion avec la vieille dame qui refusait catégoriquement de quitter sa maison pour les accompagner. Alice et Lucas étaient prêts à renoncer à leur projet pour veiller à leur tour sur la vieille dame, mais celle-ci s'était offusquée.

Arguant qu'elle n'était pas encore grabataire, elle avait menacé de les mettre dehors à coups de pied s'ils abandonnaient leur rêve à cause d'elle. Après tout, elle était autonome et il ne s'agissait que d'un aller-retour.

« Peut-être, mais j'embarquerai de toute façon des provisions. Il vaut mieux emporter suffisamment de nourriture pour éviter de dépendre des ressources sur le chemin », remarqua Alice.

Elle traça au crayon un itinéraire reliant les deux parcs nationaux avant de rejoindre les Pyrénées-Orientales. « Enfin, nous arriverons aux Pyrénées et le Mont Canigou sera juste devant nous. Il faudra être bien préparés. »

Ils discutèrent des équipements nécessaires, des vêtements et des outils à emporter. Chaque détail était important, car ils ne voulaient pas avoir à faire demi-tour. C'était un défi qui demandait de l'anticipation et de l'organisation. Leur enthousiasme grandissait et leurs voix s'élevaient gaiement dans la maison.

« Ça va être un vrai périple. Sur la carte, notre village se trouve à peu près ici », dit Alice en indiquant l'extrême sud de l'Aveyron. « Il y a donc à peu près deux-cents kilomètres à parcourir si on en croit l'échelle de la carte, soit cinquante heures si on parcourt quatre kilomètres par heure. On marchera peut-être plus vite, mais avec nos sacs à dos et la fatigue, on ne sait pas. »

Lucas hocha la tête avant de demander : « Du coup, on va partir combien de temps ? »

Alice réfléchit, le bouchon de son stylo entre les dents.

« Les journées sont encore longues, donc si tu t'en sens capable, on peut marcher au moins sept heures par jour. Il faudra compter une semaine pour atteindre la montagne. Comme ça, on est de retour ici dans quinze jours », expliqua-t-elle en cherchant l'approbation de Marilyn du regard.

« Pas si vite, les enfants. Bon sang, ne vous pressez pas pour moi. Vous allez sûrement faire des pauses. Et surtout, j'espère, profiter de la vue et de la vie. À mon avis, vous devriez prévoir plus large. Trois semaines d'aventure par exemple, ça me semble raisonnable comme durée. Et ne craignez rien, j'attendrai sagement votre retour et je commencerai à m'inquiéter après seulement un mois d'absence », annonça Marilyn avec un clin d'œil.

Quelques jours plus tard, Alice et Lucas entreprirent de construire une petite tombe dans le jardin de Marilyn pour se recueillir. Cette nuit serait la seizième depuis la mort de leurs parents et ils n'avaient toujours pas eu le courage d'aller récupérer le reste des corps dans la forêt. Lucas aidait sa sœur, maintenant qu'il s'était remis de ses brûlures. Il ne souffrait plus, n'avait plus besoin de bandage et pouvait supporter le contact de ses vêtements sur sa peau.

Le soir, ils déposèrent tous deux des fleurs sur le monticule, avant de passer une dernière nuit dans leur village natal. Ils s'étaient retournés longtemps dans le lit, tant ils étaient excités et apeurés à la fois. Au petit matin, Marilyn leur servit une infusion et des tartines au petit-déjeuner. Elle leur avait caché qu'elle commençait à manquer de tout. Elle attendrait leur retour pour trouver une solution.

« Prêts pour votre aventure ? » demanda-t-elle, le regard pétillant.

« Tu es vraiment sûre de ne pas vouloir venir ? » tenta à nouveau Lucas.

« Certaine. Je suis un vieil arbre aux racines bien ancrées. Mais on se reverra bientôt, mon bonhomme. Quelques semaines, c'est vite passé. À moins que vous ne décidiez de vivre là-haut et de devenir des enfants sauvages de la montagne. »

Ils rirent, s'essuyèrent les mains sur le torchon rouge puis se levèrent pour ramasser leurs sacs préparés la veille. Ils contenaient tout ce qu'Alice avait trouvé dans le débarras de son père, ainsi que quelques ustensiles de cuisine et des remèdes à bases de plantes confectionnés par Marilyn. Le stock de médicaments de la pharmacie avait été entièrement utilisé et il ne restait qu'une seule bande de crêpe, embarquée au cas où. Alice passa le fusil de chasse de son père en bandoulière. Sur le pas de la porte, ils serrèrent Marilyn dans leurs bras.

« Allez, maintenant. Le monde vous attend. Partez explorer et découvrir. Après tout ce que vous avez traversé, ce voyage sera votre façon de recommencer à zéro. Profitez de ce nouveau départ. Prenez soin de vous et soyez très prudents. À très bientôt, mes grands enfants », leur dit-elle en les embrassant avec tendresse.

Alice et Lucas agitèrent longtemps leurs mains pour dire au revoir à la vieille dame tandis qu'ils s'éloignaient. Ils espéraient secrètement emporter un peu de sa résilience et de sa sagesse pour le chemin qui les attendait.

22

Les premiers jours se succédèrent lentement, au rythme de leur marche. Alice et Lucas suivaient le parcours prévu, vers le Sud, cherchant à éviter les grandes routes et les villes où ils pourraient croiser du monde. Ni l'un ni l'autre n'avaient envie de faire des rencontres, craignant qu'elles ne soient mauvaises. Tout leur paraissait trop vaste et ils préféraient s'enfoncer dans les paysages sauvages qui leur rappelaient leur foyer. Ils observaient la nature qui les entourait et plongeaient dans leurs pensées respectives. Les parcs naturels, les champs et les montagnes leur offraient une sensation de paix, fragile mais salvatrice.

Max les devançait toujours, ses sens en alerte, tel un éclaireur qui ne s'éloignait jamais beaucoup. Par moments, il s'approchait furtivement des buissons, à la recherche de petits gibiers. Alors que le groupe cheminait sur une lande de terre, il tomba nez à nez avec un lièvre au détour d'un virage. Avec une réactivité impressionnante, le chien s'élança et prit en chasse l'animal en le poursuivant dans l'herbe. Après une course effrénée, le molosse attrapa le lièvre par l'arrière-train. Celui-ci couina très fort et se débattit, mais déjà le chien l'immobilisait avec sa grosse patte, avant de refermer sa mâchoire sur son cou. Sans attendre, il se coucha et dévora sa proie sur place. Alice et Lucas commençaient à avoir l'habitude. Lorsque cela arrivait, ils attendaient que leur gardien à quatre pattes finisse son repas avant de repartir. Ils en profitaient pour casser la croûte de leur côté.

Quand ils croisaient une source d'eau claire, ils y remplissaient leurs gourdes et laissait au chien le temps de se désaltérer. Parfois, ils devaient se servir dans un ruisseau et Alice faisait alors bouillir l'eau pour être sûre qu'elle soit potable. Quand c'était suffisamment profond, les enfants s'y lavaient, l'un après l'autre pour qu'il y ait toujours quelqu'un qui fasse le guet. Pendant ce temps, Max sautait en tournant sur lui-même, heureux d'avoir de l'eau jusqu'en haut des pattes.

Les routes étaient encore moins peuplées que ce qu'ils auraient cru. Ils ne croisaient jamais personne. Les seuls êtres vivants étaient la faune et la flore autour d'eux. Parfois, Lucas imaginait qu'ils n'étaient plus que tous les deux. Sa sœur et lui. Les deux derniers humains dans tout l'univers. Et il devait respirer longuement, plusieurs fois d'affilée, pour calmer son cœur qui s'emballait, tant cette pensée le faisait paniquer.

Cela faisait déjà trois jours qu'ils marchaient lorsqu'ils tombèrent sur un minibus jaune moutarde dont la peinture était écaillée. Il était situé à un embranchement du massif forestier du parc naturel, en piteux état, oublié là comme un vestige d'un autre temps. Les vitres étaient couvertes de poussière et la carrosserie portait les cicatrices de nombreuses années de route. Un arbre avait réussi à y pousser et à s'étendre à travers une fenêtre brisée. La portière grinça sous la main impatiente de Lucas, qui ne put résister à l'envie d'explorer l'intérieur.

« Alice, on peut dormir dedans ? Dis oui, s'il te plaaaîîîît ! »

La grande sœur grimpa dans l'habitacle qui sentait le vieux cuir et la rouille, mais qui offrait un abri rassurant.

« Pourquoi pas ? »

Ravi, Lucas s'installa derrière le volant, ses doigts glissant sur le plastique abîmé du tableau de bord. Soudain, un son rauque et nasillard le fit sursauter. Il avait découvert le klaxon. Il regarda sa sœur, surpris, et ils éclatèrent de rire. Le garçon recommença, encore et encore, chaque coup d'avertisseur déclenchant une nouvelle vague d'hilarité. Ils prirent un repas frugal et Alice remit un peu de pommade d'achillée sur les brûlures de son frère qui cicatrisaient vraiment bien. Lorsque l'épuisement finit par les rattraper, ils se blottirent sur les sièges râpés de ce refuge éphémère qui les conduisit dans les bras de Morphée.

La nuit suivante, alors qu'ils avaient atteint le parc de Corbières-Fenouillèdes, Lucas voulut construire une petite cabane pour y dormir, près des gorges pour profiter de l'eau. Finalement, ils bricolèrent un abri de fortune en forme de tipi à base de branches et de pierres qu'ils recouvrirent de la couverture de survie. Leurs sacs faisaient office de porte d'entrée. Ils reculèrent pour observer l'ensemble et se moquèrent de leur piètre travail. Cela ne les empêcha pas de s'endormir comme des souches, tant ils étaient exténués et que leurs jambes douloureuses ne demandaient qu'à se reposer. Ils n'entendirent pas le vent qui souffla fort jusqu'au matin, faisant claquer l'aluminium de la protection isothermique.

Le cinquième jour, pour la première fois, Alice et Lucas ne contournèrent pas le village sur leur chemin. Ils avaient fait exprès de suivre cette direction, parce que leurs parents leur avaient souvent parlé de cet endroit où ils s'étaient rencontrés et avaient vécu avant l'Aveyron.

« Estagel… Ça y est, nous sommes enfin dans les Pyrénées-Orientales ! », murmura Lucas en parcourant une rue aux maisons dont les façades étaient encore légèrement colorées.

« Si on est arrivés jusqu'ici, ça veut dire que ça fait déjà au moins deux heures qu'on est dans le département, tu sais ? » répondit Alice en riant.

« Tu aurais pu me dire quand on a passé la frontière ! » s'exclama Lucas.

« Je te signale qu'il n'y avait pas d'indication et que c'est toi, le grand porteur des cartes ! »

Lucas avait en effet insisté pour être le guide de leur périple. Alice vérifiait toujours par-dessus son épaule s'il choisissait la bonne trajectoire et était à chaque fois surprise du choix de son petit frère. Il ne se trompait jamais et ne demandait même pas confirmation. Le sens de l'orientation semblait inné chez lui.

Le soleil se faisait bas sur l'horizon et ils décidèrent de passer cette nuit-là dans une chapelle un peu excentrée. Sur place, Alice retourna un écriteau tombé au sol.

« Capella Sant Vicens », lut-elle.

« Ça veut dire Chapelle Saint Vincent en catalan. C'est écrit sur la petite carte des Pyrénées Orientales », précisa Lucas pour répondre au regard interrogatif de sa sœur.

Ils examinèrent les alentours tout en écoutant les cigales chanter. C'était un coin calme où ils ne risquaient pas d'être dérangés, même si visiblement plus personne ne vivait par ici non plus.

« Où sont passés les gens, Alice ? Tu crois qu'ils sont vraiment tous rassemblés dans les grandes villes ? Ou tous morts de faim depuis le temps ? » s'interrogea Lucas.

« Possible, oui. Ou alors ils sont montés plus au nord. Les terres doivent y être plus faciles à cultiver. Il fait tellement chaud ici. Tu as vu le nombre de traces d'anciens incendies sur la route ? Heureusement que Max n'a pas une fourrure épaisse. Même avec ses poils courts, il halète tout le temps », répondit sa sœur.

Alice enleva le fusil qu'elle portait toujours en bandoulière et déposa son sac près d'un grand grill qui devait servir à faire cuire de la viande en extérieur, lorsque l'on se réunissait autrefois pour passer des soirées. Elle entreprit tout de suite d'y allumer un feu avant qu'il ne fasse trop sombre, en utilisant des aiguilles de pin sèches ramassées sur le sol, des brindilles et sa pierre à feu. Le brasier n'eut aucun mal à partir et elle s'aperçut que les yeux de Lucas étaient rivés sur les flammes dansantes, une lueur de peur logée dans ses iris.

« Ce soir, c'est petit salé aux lentilles ! », lança-t-elle en lui donnant un coup de coude pour le faire revenir à elle.

Elle sortit une casserole et y vida le contenu d'un bocal dont l'odeur fit saliver Max qui s'assit sur les pieds de sa maîtresse pour recevoir de l'attention. Lucas avait retrouvé le sourire.

« On devrait lui en donner un peu, non ? »

Sans attendre la réponse, il attrapa un morceau de viande et demanda au gros molosse de se coucher. Le chien s'exécuta en une seconde et obtint le petit bout de porc qu'il avala sans déguster. Alice jeta un coup d'œil à la chapelle d'allure rustique et ancienne qui se profilait en arrière-plan. Les murs étaient faits de pierres irrégulières soigneusement assemblées et un auvent bas au toit recouvert de tuiles y était accolé. Une rangée de quatre arches en briques rouges formait une galerie ouverte qui offrait un abri contre les intempéries. L'ensemble respirait le charme méditerranéen, accentué par la végétation environnante qui comprenait un grand olivier sur la droite. Derrière, les montagnes complétaient ce décor, renforçant l'impression d'un lieu paisible et intemporel.

« Dommage que le ciel soit trop nuageux. Il va masquer les étoiles. Mais ce n'est pas grave, puisque qu'on va dormir à l'intérieur, au frais », remarqua Alice.

La lune faisait courir une lumière pâle sur le sol de pierre où ils avaient étendu leurs sacs de couchage. Pendant la nuit, Lucas se réveilla soudainement, sentant un léger courant d'air, ainsi qu'une présence. À l'entrée de la chapelle, dans l'encadrement de la porte grande ouverte, il aperçut un pelage roux et des yeux perçants. Un renard. Qui se tenait là, immobile, comme s'il l'invitait à le suivre. Le garçon, qui n'en avait jamais vu, était fasciné. Il se leva sans réfléchir, en évitant de faire du bruit. Peine perdue. Aussitôt, Max se réveilla et se secoua en allongeant ses pattes avant pour s'étirer. Le renard tourna brusquement la tête, renifla, avant de s'éloigner à petits pas rapides, sa queue touffue ondulant derrière lui. Lucas sortit de la chapelle à sa suite, attiré comme un aimant. Il courut et traversa les herbes sèches, mais le renard avait déjà disparu. Max baillait et gémissait à ses côtés, comme pour lui dire de faire demi-tour et de ne pas s'éloigner. C'est alors qu'il entendit la voix de sa sœur derrière lui, inquiète.

« Lucas ! Mais qu'est-ce qui te prend ? », cria Alice en attrapant Lucas par l'épaule, les sourcils froncés. Elle avait pris la machette qu'elle tenait d'une main.

« Il y avait un renard ! Je t'assure. Un renard, Alice ! »

Sa sœur plissa les yeux autour d'elle et soupira, mi-amusée.

« Ta curiosité te perdra, petit frère… Ceci dit, j'aurais vraiment aimé le voir moi aussi ! Mais faut bien avouer que cette vue-là vaut également le coup d'œil », dit-elle en pointant du doigt la montagne qui se découpait sur l'horizon.

« Le Mont Canigou est encore plus impressionnant sous le ciel noir. T'as vu ? On dirait qu'il joue à cache-cache avec les nuages », répondit Lucas, pensif.

« C'est vrai. C'est une lutte un peu inégale, tu ne trouves pas ? Les nuages lui chatouillent les flancs au passage avant de s'éloigner, légers et libres. La montagne ne peut pas lutter, elle doit se plier à leur volonté et supporter les guilis sans broncher. Un peu comme toi ! » répliqua-t-elle en attrapant Lucas pour lui chatouiller les côtes.

« ARRÊTE !! » hurla Lucas en se tortillant comme un asticot pour échapper à l'étreinte de sa sœur.

En rentrant, Alice rapprocha son sac de couchage de celui de Lucas pour lui faire un câlin et l'aider à se rendormir. Elle souriait tout en plongeant son nez dans les cheveux doux de son frère.

« Au fait, merci pour le poème chanté. Je l'ai déjà écouté plusieurs fois quand on marchait. Je le connais par cœur », dit doucement Lucas.

Il attrapa son dictaphone et lança la chanson. La voix de sa sœur s'éleva, envoûtante, comme un chœur dans ce lieu saint. Elle glissa entre les pierres, caressant les murs usés par le temps. Le tempo était lent, telle une vague qui les berçait et les emportait loin du monde éveillé. Les notes virevoltaient dans l'air, tressant un fil de soie dans l'obscurité pour les guider dans l'océan velouté du sommeil. La mélodie s'infiltra dans leurs pensées comme un ruisseau murmurant à leurs oreilles, déposant un voile de douceur sur leurs esprits fatigués. Elle faisait tressauter leurs paupières et ralentir leur souffle. Enfin, leurs corps s'abandonnèrent à nouveau à la nuit. Ils se recroquevillèrent, devenant fœtus dans le ventre d'une chapelle, tels des pétales repliés sous la caresse nocturne. Le dictaphone finit par s'arrêter tout seul et Max posa sa tête entre ses pattes avant, dernière sentinelle veillant sur leurs songes.

23

Rien n'avait su entamer la motivation d'Alice et Lucas. Pour eux, leur destination restait très claire : le Mont Canigou, montagne sacrée des Catalans, qui culminait à deux mille sept cent quatre-vingt-cinq mètres d'altitude. Il n'était pas question de perdre du temps en faisant de longues haltes, même si leurs sacs pesaient parfois lourd sur leurs épaules. Pourtant, le sixième jour, tandis que les contours d'une zone commerciale se dessinaient à l'horizon, Lucas ralentit.

« Oh... regarde là-bas ! Ce doit être Ille-sur-Têt », s'écria-t-il en vérifiant la carte.

Alice haussa les sourcils et porta son regard sur l'ensemble de bâtiments immenses aux grandes baies vitrées. Elle n'avait jamais vu un si grand espace avec ce type de structures.

« Je crois que c'est ce qu'on appelait des supermarchés. C'est là où les gens faisaient leurs courses pour acheter ce dont ils avaient besoin », répondit-elle.

Alice se souvenait des récits de sa mère sur les rires des enfants dans les parcs, les étals sur les marchés, les rayons dans des magasins où il suffisait de tendre la main pour se servir. Son frère et elle avaient grandi dans un monde où les valeurs essentielles étaient redéfinies, car la survie passait avant tout. Et encore, leur jeunesse isolée dans la vallée, près de la forêt, leur avait permis de rester coupés du monde extérieur, loin des déchainements de violence. Ils n'avaient pas vraiment eu à se plaindre jusqu'ici.

« On peut y faire un tour ? » demanda Lucas avec une petite moue de chien battu.

« Ce n'est pas une bonne idée, Lucas. C'est un grand village, on devrait l'éviter par précaution », répondit-elle.

« Mais Alice, on est bien passés à Estagel sans croiser âme qui vive. Ce n'est pas parce que c'est plus grand qu'il y aura forcément du monde… », dit Lucas, essayant de la convaincre.

Une petite voix intérieure criait à Alice de passer son chemin et une autre lui soufflait de laisser Lucas découvrir ce qui l'intéressait. Elle se souvint des paroles de Marilyn et décida de profiter un peu de la vie. En plus, cela permettrait peut-être de trouver à nouveau des vivres, s'il en restait. Et ça ne leur ferait pas de mal de flâner un peu au lieu de marcher sans cesse.

« D'accord, juste un petit détour. Et on commence par aller dans les petites rues du centre pour tâter le terrain. Si tout se passe bien, on ira voir la zone dégagée avec les grands magasins après. Je ne te promets rien. Je ne veux pas prendre de risques. »

Lucas tapa dans ses mains pour approuver et se mit à courir, comme si ses jambes avaient trouvé une nouvelle énergie. Max le poursuivit en aboyant et en le bousculant, manquant de le faire tomber. Alice leva les yeux au ciel et leur emboîta le pas.

Lorsqu'ils atteignirent Ille-sur-Têt, le soleil était haut dans le ciel et frappait les édifices d'une lumière cru qui éblouissait. Alice et Lucas déambulaient dans une avenue déserte, figée dans une sorte d'immobilité. Le temps avait l'air de s'être arrêté autour d'eux. Ils prirent une intersection au hasard pour se mettre davantage à l'abri des éventuels regards. Ils passèrent devant une petite armurerie au rideau de fer partiellement abaissé et dont la porte était sortie de ses gonds. Alice crut distinguer des objets abandonnés sur les étagères et au sol, mais l'intérieur était trop sombre pour en être sûre.

« Qu'est-ce que tu fais ? » demanda Lucas.

Alice ne prêta pas immédiatement attention à la question de son frère, trop concentrée à remonter intégralement la grille métallique de la devanture.

« On va jeter un coup d'œil. On pourrait trouver quelque chose d'utile, on ne sait jamais », finit-elle par répondre en invitant Lucas à la suivre. Ce dernier haussa les épaules avant d'entrer à son tour, réticent. L'armurerie sentait le métal rouillé et le moisi. Le carrelage était couvert de débris et le comptoir d'accueil très poussiéreux. Alice s'avança prudemment entre les étagères, où quelques munitions étaient encore éparpillées. Elle aurait aimé mettre la main sur un pistolet, plus maniable et rassurant que le fusil à deux coups. Elle fouilla partout, se baissa même pour regarder sous les meubles. Elle en sortit un petit couteau à cran d'arrêt.

« Bon, il ne reste plus grand-chose d'intéressant ici. D'autres ont dû passer avant nous. Mais voici quand même un cadeau, petit frère », dit-elle en tendant l'arme à Lucas. Le garçon sourit et ses yeux brillèrent en observant l'acier damassé de la lame qui formait des motifs de vagues. À cet instant précis, Max se mit à grogner en pointant son museau vers l'entrée. Lucas vit alors une ombre se promener sur le mur d'en face et saisit le bras de sa sœur.

« Quelqu'un arrive ! » souffla-t-il en se précipitant vers le fond du magasin.

Dans l'urgence, Alice le suivit et ils se cachèrent derrière le montant d'un grand présentoir en bois.

« Max, au pied ! »

Mais le chien ne bougeait pas, bien décidé à empêcher quiconque de s'approcher. Il ne tourna même pas la tête vers sa maîtresse qui l'appela d'un ton ferme, puis suppliant.

« Viens ici, dépêche-toi ! »

Les pas se rapprochaient. Il était trop tard. Trop tard pour sortir. Trop tard pour réagir. Trop tard pour qu'ils ne soient pas repérés. Alice prit une grande inspiration et arma le fusil. Le soleil fut un instant caché par la silhouette qui entra dans la boutique.

Max bondit en aboyant férocement et Alice, portée par l'adrénaline, jaillit de sa cachette.

« NON ! » hurla-t-elle, le fusil épaulé.

Sa voix claqua comme un coup de tonnerre. Contre toute attente, Max, les babines encore retroussées, obéit et s'arrêta net. L'inconnu sursauta et leva instinctivement les mains. Il déglutit avant d'oser prendre la parole.

« Woohh, ça, c'est pas un Chihuahua ! Relax, je ne veux pas de mal. J'habite juste là. J'ai entendu du bruit et je vous ai vus par la fenêtre, le petit et toi. Je viens juste vérifier que tout va bien. »

L'homme était grand, vêtu d'un tee-shirt usé recouvert d'une veste en jean élimée et devait avoir une cinquantaine d'années. Ou peut-être dix ans de moins. Difficile à dire avec son visage buriné et marqué par des années difficiles. Une lueur sincère scintillait au fond de ses yeux gris, presque délavés. Son ton était posé et il dégageait un certain charisme, ainsi qu'une aura à la fois intimidante et rassurante. Partagée entre ces ressentis contradictoires, Alice ne bougeait pas, le canon toujours pointé devant elle et son index crispé sur la détente.

« On n'a pas besoin d'aide. On se débrouille », lui balança-t-elle, sur la défensive.

« Quoi ? Deux gosses qui se promènent tout seuls dans une ville après l'apocalypse ? T'es pas sérieuse… »

Il soupira avant de continuer. « Vous avez dû en baver pour vous retrouver là. Écoute, je sais qu'on t'a sûrement dit de ne pas faire confiance aux inconnus, et c'est un bon conseil. Mais il n'y a pas que des salauds. Au fait, moi, c'est Alan. Et si vous avez envie, vous pouvez venir partager un repas chez moi et y rester la nuit pour vous reposer en sécurité. Vous pouvez même vous laver vite fait à l'eau chaude. Je me suis raccordé à une source et j'ai installé des panneaux solaires », proposa-t-il.

Max, qui avait arrêté de montrer les dents, s'avança vers l'homme et fit le tour de ses jambes en le reniflant. Lorsque l'inconnu tendit sa paume droite, le chien y plaça sa truffe avant de regarder sa maîtresse, comme pour lui signifier qu'elle pouvait avoir confiance.

« Et qu'est-ce que tu veux en contrepartie ? » demanda Alice, sans se laisser distraire et décidant de le tutoyer pour paraître sûre d'elle.

Alan secoua la tête, faisant voler ses longs cheveux poivre et sel qui retombèrent en mèches désordonnées sur ses épaules.

« Rien du tout. Enfin, si. Juste un peu de compagnie. Un peu de bavardages. Et pour une fois que je peux faire quelque chose d'utile, ça me ferait plaisir d'aider deux gamins en galère », répondit-il en remontant les manches de sa veste.

Ses bras attirèrent le regard d'Alice. Ils étaient recouverts de tatouages aux lignes épaisses et aux motifs de crânes, d'ailes et de flammes. Elle fronça les sourcils, intriguée. Suivant son regard, Alan esquissa un sourire amusé.

« Fais pas gaffe. Je faisais partie d'une bande de motards, avant toute cette merde… Oh pardon, p'tit gars, je vais essayer de surveiller mon langage », se reprit-il en apercevant Lucas qui tendait le cou pour l'apercevoir. Le garçon s'avança derrière sa sœur.

« C'est quoi, des motards ? » demanda-t-il.

Alice lança un regard noir à son frère, mécontente qu'il se soit montré et qu'il s'adresse à l'étranger. Elle tenait toujours son arme fermement.

« Des gens qui roulaient à moto. C'était comme une voiture, mais à deux roues. Je t'aurais bien montré, mais j'ai troqué la mienne il y a longtemps. De toute façon, sans essence, un motard ne va pas bien loin. Et comme le pétrole ça se conservait mal et que plus rien n'est produit par qui que ce soit... En tout cas, à l'époque on en avalait des kilomètres de route, totalement libres, ou presque », expliqua Alan, nostalgique.

Lucas ne comprenait pas vraiment ce que racontait cet homme, mais il sentait au fond de lui qu'il ne représentait pas de danger. Il leva les yeux vers sa sœur, plein d'espoir.

« Alice, peut-être qu'on devrait… Après tout, c'est la première personne qu'on croise depuis notre départ et il a l'air gentil. On peut le suivre, dis ? Ça changera de nos soirées en tête à tête avec du cassoulet en boîte », chuchota Lucas.

Alice ne put s'empêcher de sourire, avant de reprendre son sérieux d'un seul coup. Elle hésitait, la méfiance étant devenue sa seconde peau, un bouclier. Elle ne voulait pas se montrer imprudente. Elle scrutait l'homme, cherchant des signes de sournoiserie ou de malhonnêteté, n'importe quoi qui trahirait son vrai visage. Mais il n'y avait rien que ces yeux doux et cette assurance calme. Puis, elle jeta un coup d'œil à Max, qui s'était assis à côté de lui et qui se laissait maintenant gratouiller les oreilles.

Voyant qu'elle réfléchissait en baissant légèrement son fusil, Alan reprit doucement :

« Il y a quelques survivants qui continuent de vivre ici de façon permanente, comme moi. C'est plutôt chacun dans son coin, mais ils me connaissent et me respectent. Tant que vous serez avec moi, vous ne craignez rien. Mais sinon, ce n'est pas un endroit sûr. Surtout sans adulte avec vous. Parfois, des gens passent. En petit groupe. De plus en plus régulièrement. Et croyez-moi, ce sont les pires. Je n'imagine même pas ce qu'ils vous feraient, si… »

Alice regarda Alan passer une main sur sa barbe qui se terminait en une petite tresse.

Nous aider, juste par altruisme ? Vraiment ? J'ai déjà perdu trop de gens. La mort nous suit, attendant son heure. Et je dois protéger Lucas. Si je refuse la main tendue et qu'il lui arrive quelque chose… Mais si j'accepte et que c'est un piège ? Non, cet homme-là est différent, je le sens. Une carrure d'armoire à glace qui ne cache que sa bonhommie. Pas comme cette ordure de pharmacien. Il n'est pas de la même trempe. Il offre sa protection sans rien désirer en échange. Parce que c'est tout ce qui lui reste. Aider les autres pour apporter de la lumière au monde. Pouvoir faire preuve de compassion et avoir une chance de montrer qu'il reste un peu d'humanité.

« Bon très bien, on accepte. Mais si tu nous trahis, je te prouverais que je sais me servir de mon arme », lâcha-t-elle en relevant le menton d'un air fier.

Alan acquiesça, un sourire en coin, l'air plus amusé qu'effrayé.

« Entendu. Allez venez, ce n'est pas loin », dit-il en tournant simplement les talons pour ressortir dans la rue.

24

La soirée était déjà bien entamée et le soleil déclinait rapidement. Alan se leva pour allumer deux lampes à huile. Le petit salon tamisé de la maison offrait un sentiment de tranquillité presque surnaturel. Alice, plus détendue qu'à son arrivée, s'était installée sur le vieux canapé en cuir, ses mains serrées autour d'une tasse de thé chaud. Lucas, de son côté, était parti dormir dans une autre pièce, une vraie chambre rien que pour lui, épuisé par les événements de la journée.

Alan revint s'asseoir juste en face d'Alice, sur un gros pouf au motif oriental, le molosse couché à ses pieds. Ils avaient passé tout l'après-midi à faire connaissance et à se raconter leurs vies respectives. Cela faisait une éternité qu'il n'avait pas ouvert la bouche pour s'exprimer aussi longtemps et il en avait mal à la gorge. Il profita de cet instant de silence pour allumer une cigarette et faire tester à Alice qui regardait le tube blanc avec curiosité. Jusqu'ici, elle n'avait vu que son voisin Raymond fumer la pipe avec le tabac qu'il récupérait par les nomades.

« Je les économise depuis tout ce temps. J'en avais un bon stock. C'est le débitant de tabac qui m'avait filé deux centaines de paquets en échange de ma bécane, quand tout a foutu le camp. Pour la bouffe, j'ai raflé les supermarchés dès que j'ai senti le vent tourner, bien avant tout ça. Vas-y, tire une latte. »

Alice inspira une bouffée. Elle eut envie de tousser, mais se retint. Cela lui fit monter les larmes aux yeux. Elle recommença, en observant le bout rouge incandescent entre ses doigts, avant de tendre à nouveau la cigarette à Alan. La tête lui tournait un peu et elle s'avachit contre l'accoudoir.

« Comment tu vis tout ça, toi, Alice ? Prendre soin de ton petit frère, c'est bien beau, mais si tu penses un peu à toi, ça donne quoi ? » finit par demander Alan au bout d'un moment.

Alice laissa échapper un petit rire amer.

« J'essaie de ne pas trop réfléchir. J'crois pas que ce soit bon de toujours analyser ce qu'on ressent. Je préfère vivre au jour le jour, tu comprends ? Et puis, jusqu'à l'attaque de notre village, on a été préservés, Lucas et moi. On vivait tranquille. On a eu de la chance, en un sens. De pas finir orphelins plus tôt, je veux dire. Ça aurait pu être pire. Ça peut toujours être pire… La violence nous a rattrapés, c'est comme ça. On pouvait pas y échapper éternellement, j'imagine. Après tout, c'était devenu la norme depuis longtemps, à l'extérieur. Comme si le monde était devenu fou », souffla-t-elle en regardant Alan droit dans les yeux.

« Je vois. Ouais, t'as raison, petite. Déjà au début de la crise, quand l'eau et la nourriture ont commencé à manquer, c'est devenu très vite n'importe quoi. En quelques mois, c'est parti en couille. Les gens faisaient des réserves et se préparaient au pire. Ici, les deux supermarchés principaux subissaient des pénuries et personne n'était serein. Y'avait une sorte de climat de méfiance et d'égoïsme qui s'installait petit à petit. Mais le pire, c'est quand tous les réseaux ont lâché d'un seul coup. T'aurais dû voir ça… Et face à un gros bouleversement comme ça, faut toujours que ce soit les plus agressifs qui s'en sortent le mieux. Parce qu'ils sont plus proches des bêtes qu'ils ne veulent bien l'admettre. Des animaux enragés, ouais… Ils croient que la survie passe par la violence, le pillage, la manipulation et la force, mais ils se trompent », murmura-t-il en expirant lentement la fumée.

« Raconte. Je ne connais que la version de mes parents qui ont vécu tout ça de loin. Dans un gros village comme ici, comment ça s'est passé ? » demanda-t-elle, curieuse.

Alan se redressa et prit le temps de répondre, comme s'il cherchait ses mots.

« Je vais essayer de te décrire la première semaine, de ce que je me souviens. Juste après la coupure générale, il y a eu comme un flottement. La télé et la lumière se sont éteintes d'un coup, le frigo ne faisait plus un bruit... comme quand les plombs disjonctaient quoi. Ça arrivait de temps en temps. Jusque-là, rien d'inquiétant. Sauf que normalement ça revient assez vite. Mais là, c'était bizarre. J'ai tout de suite senti que ce serait pas le cas. Au bout de quelques heures, les gens ont commencé à sortir dans la rue pour demander aux voisins si c'était pareil chez eux. Je les vois encore pianoter sur leurs téléphones portables qui avaient toujours de la batterie, mais plus de réseau. Ils étaient là, à regarder autour d'eux comme s'ils étaient paumés et à essayer de rafraîchir la page web en espérant que ça revienne à la normale. Ça va revenir, qu'ils disaient avec un rire nerveux. Mais le lendemain, toujours rien. Certains avaient essayé de retirer de l'argent au distributeur, mais ça ne fonctionnait plus non plus. C'est là que ça a commencé à déraper. L'agitation a remplacé le malaise de la veille. Les gens se sont regroupés et ont commencé à avoir des conversations sérieuses, à demander qui avait des nouvelles de l'extérieur. Sans télé, sans téléphone, sans Internet et sans réseau, c'était pas évident. Même la radio ne captait plus rien. On allait voir les commerçants, comme s'ils en savaient plus, alors qu'ils étaient dans la même merde. Dès le troisième jour, y'avait des files d'attente inimaginables dans les supermarchés qui étaient restés ouverts pour écouler leur stock, avec paiement en liquide uniquement. Sauf qu'à l'époque, tout le monde payait par carte bancaire, et ceux qui avaient des billets les ont très vite dépensés en remplissant des caddies entiers de packs d'eau, de conserves, de pâtes…. Le quatrième jour, c'était déjà la panique. Plus personne ne travaillait et ceux qui ne pouvaient plus rien acheter ont commencé à manquer de l'essentiel. Ils essayaient de faire du troc avec ceux qui possédaient et le ton montait souvent. Les gérants des petits magasins n'osaient plus sortir de chez eux, parce qu'ils avaient décidé de garder toutes les marchandises qui leur restaient pour eux seuls. Puis il y a eu le premier cambriolage. Puis le deuxième et ça ne s'est pas arrêté. La nuit, j'entendais parfois des portes défoncées, des cris étouffés... Les vitrines étaient brisées, des gens rentraient de force pour piller, dans les épiceries, la pharmacie, puis dans les foyers. Les habitants qui n'avaient pas déjà fui ont commencé à barricader leurs portes. La mairie a tenté d'organiser quelque chose. Une réunion sur la place pour mettre en place un rationnement, pour se soutenir. Mais ça s'est transformé en immense dispute et il y a eu des bastons sur les trottoirs. Au bout d'une semaine, ce n'était plus un village, mais une mosaïque de petits clans repliés sur eux-mêmes. Ceux qui avaient des armes dormaient avec, sous leur oreiller. Ceux qui avaient un peu de nourriture ne sortaient plus. De nombreuses familles ont fait leurs valises, démarré leur voiture et sont parties. Plus personne ne parlait d'attendre que ça revienne. Parce que tout le monde avait compris : rien ne reviendrait. »

Après cette longue tirade, Alan écrasa sa cigarette dans le cendrier posé sur la table basse et alla se poser à la fenêtre pour prendre l'air.

« Et toi, dans tout ça ? Tu nous as dit que tu avais une femme et un petit garçon autrefois. Est-ce qu'ils sont... ? » demanda Alice, encore perturbée par ce récit.

« Aucune idée. Mon ex-femme était déjà partie avec le petit, avant même le début des premières pénuries.

Elle disait que j'étais trop alarmiste. Parano, qu'elle me traitait. C'était pas bon pour le gamin, selon elle. Je lui faisais peur, avec mes discours sur les réserves à tenir au cas où, et blablabla. Un beau jour, elle s'est tirée. Je ne l'ai plus jamais revue. Ma seule consolation, c'est qu'elle doit s'en mordre les doigts en voyant qu'au final j'avais raison de m'en faire… Enfin, si elle est toujours vivante, ce qui est loin d'être sûr. Moi, tout ce que je voudrais, c'est savoir si mon môme va bien », dit-il en se retournant.

Toute la tristesse accumulée dans ses grands yeux gris. Ne regarde pas. Ne l'absorbe pas. Culpabilité. Regrets. Amertume. C'est trop pour toi. Reste distante. Mais je sens l'abandon au fond de lui. Tout seul dans sa grande maison. Depuis si longtemps. Le temps ne guérit rien. Il prend et c'est tout. Il prend tout. Il joue avec nos vies, fait bouger nos squelettes comme bon lui semble, se nourrit lentement de notre corps qui se désagrège. Et quand il se lasse, il nous laisse désarticulés dans un coin. Respire. Je suis là, Alan. Au moins pour aujourd'hui. Pour cette nuit. Alors vide ton sac. Je sais me taire et écouter. Tout va bien. Tout n'est pas que solitude.

Alice secoua la tête pour faire taire ses pensées avant de demander :

« Pourquoi t'es resté ici, alors ? Tu espérais qu'elle revienne avec ton enfant ? »

Alan esquissa un petit sourire et s'éclaircit la gorge.

« Non, j'ai jamais vraiment eu cet espoir. Au départ, j'attendais ma bande de potes. Les motards. Honnêtement, je pensais qu'ils passeraient me prendre et qu'on prendrait la route tous ensemble. Mais il a dû se passer quelque chose. Ils étaient de la ville, c'était sûrement le chaos complet là-bas. Toujours est-il qu'ils ne sont jamais venus. Et je me voyais pas me lancer dans une vie de nomade, à vivre au jour le jour, avec un petit réservoir d'essence. C'était trop risqué, trop compliqué. Ici, j'avais déjà ma maison, bien située, facilement défendable et des provisions pour un bon moment. Bref, j'ai choisi la facilité. Et puis, tout compte fait, je m'en suis plutôt bien sorti. Toujours debout, comme on dit. C'est pas tout le monde qui a eu la chance de s'adapter. Donc je me dis que j'ai pas tout perdu », expliqua-t-il en venant s'asseoir sur le canapé à côté d'Alice.

La jeune fille fixait le mur devant elle, comme si elle réfléchissait intensément aux mots qui venaient d'être prononcés. Elle essayait d'imaginer cet ancien monde qu'elle n'avait pas connu. Elle aurait tout donné pour remonter le temps et y vivre, ne serait-ce qu'une journée, pour assouvir sa curiosité. Pour pouvoir tout comprendre, tout apprendre.

« Et tu sais ce qui as déclenché tout ça, à la base ? » reprit-elle.

Alan fit la moue et haussa les épaules.

« On ne saura jamais. Des hackers informatiques ? Une bombe nucléaire ou une catastrophe naturelle quelque part ? Une surcharge dans les serveurs ? Un sabotage ou une attaque terroriste coordonnée ? Un gros crash logistique ? Une anomalie astrophysique ? Une expérience scientifique qui a merdé ? À force de tourner le problème dans ma tête, j'en suis même venu à élaborer des théories du style intervention extraterrestre ou bug dans la matrice. Genre on est tous dans une simulation et c'est juste une mise à jour du système qui galère à redémarrer. Comme tu vois, je me suis longtemps posé la question, mais j'ai fini par arrêter, sinon je serais devenu dingue. Tout ce que je sais, c'est qu'après que tout soit parti en vrille, c'était l'anarchie. Plus de gouvernement, plus de repères, plus de lois. Remarque, j'étais pas contre. Quand j'ai capté que c'était sûrement comme ça à l'échelle mondiale, je me suis même un peu réjoui, au début. Au moins, y'avait plus de guerre, plus de bourse, plus de classes sociales… il fallait attendre ça pour qu'on soit tous égaux ! Je suis certain que ça aurait pu donner quelque chose de beau. De différent, tu vois. Mais non, c'est toujours à qui gueule le plus fort. Et le plus salaud qui écrase les autres. En fait, rien n'a changé. Donc les enfants de l'enfer comme toi et ton frère, vous n'avez rien raté en naissant après. »

Alice lui coula un regard en biais, pas convaincue. Puis, elle remonta ses genoux contre sa poitrine et les serra contre elle.

« Peut-être bien. J'imagine que ça ne sert à rien de comparer et de rester accroché au passé. C'est pour ça qu'on s'est lancés là-dedans, Lucas et moi. Le Mont Canigou, c'est pour avancer, passer à autre chose. Faire notre deuil, en quelque sorte. Sur ce, il faut que je dorme aussi. On repartira dès demain matin pour ne pas perdre trop de temps. On doit retourner en Aveyron dès que possible », dit-elle en baillant.

« Pour prendre soin de votre vieille voisine, oui, je sais. En tout cas, vous êtes bien braves, tous les deux. Et sincèrement, quand vous aurez atteint votre objectif, j'espère que vous trouverez la paix. Parce que c'est un sacré voyage initiatique. Faut que ça vaille le coup. Mais je vais quand même te répéter ce que j'ai déjà rabâché tout l'après-midi : ce n'est pas prudent. Pas prudent du tout. Ni d'atteindre la montagne, ni de passer par la zone commerciale comme vous comptez le faire. Là-bas, pendant un moment, c'était devenu un terrain de chasse où les gens se battaient et s'entretuaient pour des vivres. Plus personne n'y met les pieds aujourd'hui, à part ceux de passage qui espèrent encore trouver quelque chose à se mettre sous la dent. Même moi, je n'y vais jamais. »

Alan avait pris une expression grave qu'Alice ne lui connaissait pas encore.

« Merci pour l'avertissement, c'est gentil de t'inquiéter. Mais on va juste jeter un œil vite fait à l'intérieur pour faire plaisir à Lucas, ce ne sera pas long. Et puis, on aura Max avec nous », le rassura-t-elle tout en triturant sa tasse vide.

Le chien, qui avait compris son nom, redressa la tête et Alice se pencha pour lui embrasser le museau.

« Très bien, la têtue, j'arrête d'insister. Demain, je pars pour un rendez-vous à l'extérieur avec un ambulant, comme je les appelle. Ce sont des types qui marchandent toutes sortes de trucs de village en village. C'est comme ça que je me réapprovisionne. Bon parfois, faut que je rationne sévèrement mes réserves, mais ça fait des années et je me suis pas encore retrouvé à sec, donc je gère pas mal ma barque. Même si faut bien avouer que j'ai tout le temps faim, parce que j'suis pas un gringalet. Un corps comme ça, faut le nourrir, c'est tout. Enfin, tout ça pour dire que vous pourriez m'accompagner, si vous voulez. Plutôt que d'aller mettre votre nez là où y'a du danger… Bon, je te laisse aller dormir tranquille. Si tu ne changes pas d'avis avec la nuit et si tu ne tiens pas compte de mes mises en garde, promets-moi au moins de revenir ici en cas de problème », réclama Alan.

Alice hocha la tête et mit sa main contre sa tempe, l'air de dire « à vos ordres, chef ! », puis alla rejoindre la chambre qui jouxtait celle de son frère. Max se leva, mais au lieu de la suivre, il se dirigea vers la porte d'entrée en grognant sourdement. Les sens immédiatement en alerte, Alice sortit le couteau de chasse à sa ceinture, regrettant d'avoir laissé son fusil dans la chambre avec ses affaires. Alan s'approcha et posa la main sur la poignée. Tous deux se raidirent, retinrent leur souffle et tendirent l'oreille. Il y avait effectivement un léger bruit à l'extérieur, comme un grattement insistant ou le grignotement d'un tissu. Alice écarquilla les yeux en voyant Alan lui faire un clin d'œil et ouvrir la porte d'un coup sec. Était-il devenu fou ?

Elle n'eut pas le temps de comprendre ce qui se passait. Max se jeta dans l'entrebâillement et un cri bref perça la nuit. C'est alors qu'elle vit le chien reculer dans le salon avec un énorme rat dans la gueule. Alan éclata de rire en voyant la tête horrifiée de la jeune fille.

« Ça arrive souvent. Il y en a plein partout. Ça grouille la nuit. En plus, quand ils ont faim ou qu'ils sont acculés, ils peuvent être agressifs. Et ils arrivent à se faufiler partout, ces enfoirés. Même mon boudin de porte ne les arrête pas. Bon celui-là pour le coup, c'est pas un petit gabarit... », admit-il.

Alice rangea son arme, un soupir de soulagement s'échappant de ses lèvres, mais sauta aussitôt sur le canapé en se retenant de hurler. Le molosse venait de lâcher sa proie au sol. Le rat, qui mesurait presque une trentaine de centimètres, convulsait et agitait ses pattes dans tous les sens, tel un démon subissant un exorcisme. Son corps aux poils drus se soulevait du sol de manière impressionnante, avant d'y retomber dans un bruit mat qui donnait la chair de poule à Alice. Le chien s'aplatit sur ses pattes avant, en position de jeu.

« C'est rien, t'inquiète. Il est bien mort, c'est juste les nerfs qui lâchent ! », expliqua Alan que la scène semblait beaucoup amuser.

Il attrapa la bête par la queue pour la jeter dehors, mais Max fut contrarié d'être privé de son nouveau jouet. Il mit un grand coup de croc dans le pelage marron sale pour le récupérer et tira brusquement. La queue se détacha, se retrouvant entre les mains d'Alan et ce fut au tour d'Alice de se moquer de la mine dégoûtée de son hôte.

« Mais… ! Beuurk, saloperie ! Je ne sais pas lequel est le pire entre le rat ou le clébard », s'exclama l'ex-motard, faisant semblant d'être en colère.

Alice et lui n'arrivèrent pas à reprendre la proie au chien qui était bien décidé à la dévorer corps et os. Alan lui balança la queue et il la goba, déclenchant un haut-le-cœur chez sa maîtresse qui ouvrit à nouveau la fenêtre pour évacuer l'odeur des viscères et de la mort. Enfin, elle souhaita bonne nuit à Alan et put rejoindre sa chambre, après être passée embrasser son petit frère qui dormait profondément. Cette fois, Max l'avait suivie, sans avoir oublié de renifler à nouveau la zone autour de la porte, pour s'assurer qu'il n'y avait pas d'autres nuisibles. Alice s'allongea sur le lit au matelas mou dans lequel elle s'enfonça et essaya de relâcher les derniers signes de tension. Le vent qui soufflait dehors la maintint dans un état de veille fragile, avant qu'elle se sente glisser dans le sommeil, ne contrôlant plus le flot de ses pensées.

25

Le soleil s'était à peine levé lorsque Alice s'étira, les premières lueurs de l'aube se frayant un chemin à travers les interstices des volets. Pendant un instant, elle se demanda où elle était et eu le réflexe de chercher Lucas à côté d'elle, avant de se rappeler qu'elle était en sécurité dans la maison d'Alan. Par précaution, plus que par réelle méfiance, elle avait tourné la clé dans la serrure de la porte hier soir. Elle était certaine qu'Alan n'avait pas essayé de venir la rejoindre. Persuadée que c'était un vrai gentil. Sans problème dans sa tête. Sans besoin de se jeter sur elle, sous prétexte qu'elle était une fille, qu'il se sentait seul et que c'était la fin du monde. Un type normal, en somme. Elle sentit Max lui lécher l'oreille et lui fit quelques caresses de bonjour. Puis, le chien gratta pour sortir et Alice dût se résigner à s'extraire du lit pour aller lui ouvrir. Lucas était déjà debout, installé à la table de la cuisine en compagnie d'Alan.

« Bonjour, vous deux ! Dis donc, vous vous êtes réveillés sacrément tôt. Qu'est-ce que c'est que ça ? » demanda-t-elle en regardant le paquet dans lequel Lucas plongeait la main.

« Des biscuits. C'est trop bon, tu dois goûter. C'est tellement mou que ça fond presque sur la langue », répondit le garçon qui en avait déjà dévoré la moitié en guise de petit déjeuner.

« C'est une denrée rare, tu sais ! Tu n'en trouveras plus nulle part aujourd'hui. Par contre, pour la texture, c'est censé être croquant, c'est juste qu'ils sont périmés depuis longtemps. Ne mange pas tout ou tu vas finir malade, p'tit gars », l'avertit Alan qui se contentait d'un thé.

Alice alla préparer leurs sacs, car elle ne voulait pas s'attarder davantage. Leur séjour, bien que très court, leur avait offert un peu de répit, un interlude précieux, mais il était temps de repartir, à présent.

« Vous avez de quoi tenir jusqu'au Canigou ? Besoin de rien ? » s'enquit Alan.

Alice le regarda, touchée. Elle savait qu'il était prêt à donner, malgré le peu qu'il possédait.

« Non, ça ira. Merci, Alan. Merci pour tout. On n'oubliera pas », répondit-elle.

L'homme les raccompagna jusqu'à l'extérieur, devant le petit portillon du jardin. Ou plus exactement des mauvaises herbes recouvrant ce qui devait autrefois constituer un jardin. Il prit Alice dans ses bras et la remercia pour son agréable compagnie, puis il embrassa Lucas sur le front avant de lui ébouriffer les cheveux.

« Si jamais un jour t'as envie de changement ou que tu t'ennuies trop, passe nous rendre visite en Aveyron. Tu connais le nom de notre village et tu seras le bienvenu chez Marilyn. Y'a juste un peu de marche… », lui proposa Lucas.

« C'est gentil, je m'en souviendrai. Filez, maintenant, avant que je vous retienne. Et pas de conneries. Au moindre risque, vous vous carapatez ! » leur commanda Alan.

Alice et Lucas hochèrent la tête et tournèrent les talons, plus émus qu'ils ne voulaient le montrer. Le secteur des grands magasins était situé à une vingtaine de minutes de marche et ils y arrivèrent vite. Les bâtiments s'élevaient devant eux, à moitié en ruines, les murs fissurés et les vitrines brisées par endroits. Ils se dirigèrent vers l'un des supermarchés en passant par le parking jonché d'épaves de voitures abandonnées et de vieux détritus. Max s'éloigna de son côté pour marquer son territoire sur tous les poteaux qu'il pouvait trouver aux alentours. Tout était désert, comme pris dans une sorte de torpeur. Une des lettres de l'enseigne pendait dangereusement dans le vide et grinçait pour prévenir qu'elle menaçait de tomber. La devanture était taguée, mais Alice ne parvenait pas à comprendre le sens des graffitis. Elle entra la première, suivie de son frère, en passant à travers une ancienne porte automatique dont les débris de verre jonchaient le sol. Quelques mètres plus loin, elle s'aperçut que Max n'avançait plus que sur trois pattes. Elle s'arrêta, s'accroupit pour regarder et lui retira un bout de verre planté dans un coussinet. Le chien n'avait même pas émis le moindre gémissement. Il reposa sa patte au sol et lui fit la fête, heureux de ne plus être gêné pour marcher.

Les enfants continuèrent leur exploration. Les couloirs carrelés aux immenses étagères vides semblaient interminables et Lucas observait, émerveillé. Il n'en croyait pas ses yeux et tournait sur lui-même pour tout admirer. Que ce soit les vieilles affiches géantes vantant des produits qu'il ne connaissait pas, les mannequins là où devait se trouver le rayon vêtements et même les rats qui détalaient, sentant la présence d'un prédateur bien plus gros qu'eux. Le garçon était transporté dans un autre monde.

« C'est... trop bizarre. Ça fait presque peur », murmura-t-il.

Il se mit à courir en voyant une boite de conserve au sol. Content de sa trouvaille, il la montra à sa sœur qui l'inspecta avec circonspection. L'acier avait rouillé et le couvercle était bombé.

« Il ne faut surtout pas manger ça. Tu ne te souviens pas des cours de survie de papa ? On attraperait le botulisme », expliqua-t-elle.

Lorsqu'elle reposa un peu trop fermement la boite de conserve dans le rayon, celle-ci éclata. Explosa serait plus exact, compte tenu du bruit assourdissant que cela déclencha. Un écho résonna dans tout le supermarché, donnant l'impression que le plafond allait s'effondrer. Max se mit à aboyer en détalant comme un fou.

« Non, reviens, c'est rien mon gros ! Bon sang, alors là… On peut pas dire qu'on passe inaperçus », se plaignit Alice qui enleva son fusil en bandoulière pour le charger au cas où.

« Eh, mais c'est peut-être ça les explosions qu'on entend de temps en temps ! En fait, ce sont juste des boîtes de conserves qui pètent ! » s'écria Lucas en rigolant.

Le garçon reprit vite un air sérieux, ne voyant pas le chien revenir.

« Il est parti où, Max ? » demanda-t-il, inquiet.

« Il a eu peur. Ne t'inquiète pas, il reviendra quand il sera calmé. Il nous retrouvera facilement », répondit Alice, masquant son inquiétude.

Ils retournèrent dans le hall principal où s'alignaient les caisses. Quelques bancs se tenaient là, ainsi que des fauteuils tâchés et fixés au sol, ne pouvant s'échapper de leur lente dégradation, immobiles et condamnés. Mais ce n'était pas ce qui attira le regard d'Alice et Lucas en cet instant. Au centre trônait une grande caisse de bois et de métal noir au vernis terni comptant des traces de doigts et de mains que la poussière n'avait pas suffi à estomper. Le couvercle ouvert sur le devant révélait un alignement de touches jaunies par le temps dont certaines étaient manquantes. Un piano. Droit, solitaire. Attendant qu'un musicien de passage prenne place sur un tabouret inexistant, probablement emmené depuis longtemps. Au-dessus, une banderole froissée était toujours scotchée sur le pupitre : "À vous de jouer". L'invitation demeurait, malgré l'encre estompée.

Les yeux d'Alice et Lucas s'illuminèrent. Leurs parents leur avaient appris les noms de différents instruments, soit montrés en images dans les livres, soit dessinés par leur mère pour qu'ils puissent s'en faire une idée. Ils n'avaient en revanche jamais pu en entendre les sons, sauf ceux de la guitare des voisins. Lucas se pressa d'atteindre le piano qui était pour lui un vieux trésor qu'il fallait absolument toucher. Il posa l'index sur le clavier avec précaution, puis appuya pour essayer les touches. Quelques notes désaccordées emplirent l'espace et un sourire démesuré fendit son visage. Alice le laissa faire en le regardant tendrement se perdre dans cet univers de sonorités. Cela couvrit le crissement du verre sous les pas lourds. Lucas continuait de pianoter, même si le rendu était loin d'être agréable. Cela couvrit l'aboiement vaguement lointain. Le jeune garçon jouait, sans retenue, comme s'il faisait partie d'un orchestre qu'il était le seul à voir. Cela couvrit l'avancée du groupe d'hommes armés qui approchait dans leur dos.

26

Les applaudissements tonitruants des truands rompirent le charme, se répercutant sous la voûte métallique du bâtiment. Lucas reprit conscience de la réalité de manière brutale. Il n'eut pas le temps de terminer son solo, de saluer le public, d'attendre le rappel, de s'incliner une deuxième fois avant de passer derrière le rideau rouge pour quitter la scène. De son côté, Alice fit volte-face, affolée. Les poils de ses bras se dressèrent tandis qu'elle cacha son frère derrière elle tout en épaulant son fusil.

Devant eux, une bande de huit individus nerveux avaient l'air de vouloir en découdre. Les hommes s'étaient déployés en demi-cercle. Aucune femme parmi eux. Alice les regarda un à un dans les yeux, essayant de repérer en une seconde les meneurs, ceux sans pitié et sans morale. Et de distinguer les suiveurs, les plus faibles, les plus influençables, peut-être les plus humains. Mais ils avaient tous le même regard fou dans des yeux creusés, entourés de grands cernes noirs et la même maigreur qui rendait leur teint cireux. Ils possédaient tous une arme blanche différente à la main, qu'ils s'amusaient à frapper dans leur paume d'un air menaçant. Mais surtout, elle repéra deux étuis dont dépassaient des crosses, accrochés aux ceintures des deux hommes les plus proches. Un chauve et un aux cheveux gras. Les chefs, donc. Pistolet ou revolver, impossible à dire à cette distance. Plusieurs dizaines de mètres les séparaient encore.

« Eh ben, qu'est-ce qu'on a là ? Deux petites âmes perdues on dirait », commença l'un d'eux, un homme de grande taille au long manteau noir malgré la chaleur.

« Si c'est Noël avant l'heure, j'veux bien être le Père Fouettard », ajouta le grand chauve tatoué sur le crâne en se passant la langue sur la lèvre supérieure.

Un troisième type, plus vieux et au nez cassé, ne cessait de gesticuler. Des spasmes déclenchés par de nombreux tics lui secouaient le corps.

« Vos gueules. Faut toujours s'méfier des gosses, on croirait pas, mais c'est sournois. J'suis sûr que c'est aussi pour ça qu'on les appelle les enfants de l'enfer. Tous nés dans un monde sans rien, des tarés de naissance. Un coup ça pleure et la seconde d'après ça te plante un couteau dans le bide. Et elle est armée, au cas où vous auriez pas capté », remarqua-t-il en fixant Alice.

Le meneur du groupe s'avança d'un pas avec un sourire mauvais. Il fit craquer ses jointures en plaquant ses cheveux gras en arrière.

« Oh, je suis sûr qu'elle sait pas s'en servir. Pas vrai, princesse ? »

Alice raffermit sa prise sur son fusil.

« Reste tranquille, ma jolie. Va pas nous faire une crise de nerfs », renchérit l'homme en crachant par terre.

Celui qui était visiblement le plus jeune de la bande se mit en rire en se tournant vers ses acolytes, l'air désinvolte.

« Sérieux, qu'est-ce qu'on attend pour les choper ? Ça reste que des mioches et je crève la dalle rien qu'à les regarder. »

Un autre, qui était resté un peu à part, tout à l'arrière du groupe, le visage à moitié camouflé sous sa capuche, eut un rictus.

« J'croyais qu'on avait dit qu'on touchait pas aux gosses. J'pense qu'il vaut… »

Le chef leva la main pour le faire taire avant de lui répondre.

« Pas le choix. Ça fait déjà trois putains de jours qu'on a terminé Robert et en plus il était dégueulasse. T'as envie de tirer à nouveau à la courte paille pour savoir lequel d'entre vous on sacrifie pour la survie du groupe ? On a besoin de force pour aller jusqu'à Perpignan et après on avisera », trancha-t-il.

À ce moment, le chauve sortit son arme à feu. Alice distingua le barillet et eut le temps de penser qu'il s'agissait d'un revolver, avant que l'homme ne prenne la parole.

« C'est simple, cocotte. T'as deux options : soit tu baisses ton fusil, tu fais pas d'histoires et on laisse le petit tranquille. C'est ton frère, non ? Bah il pourra partir, parole d'honneur. Soit tu tentes ta chance et alors là… Pour un mort de notre côté, on vous crèvera tous les deux. Mais avant de te finir, on te passera tous sur le corps en le forçant à regarder », chuchota-t-il entre ses dents en touchant le renflement de son entrejambe.

Alice ne cilla pas, même si son cœur cognait très fort dans sa poitrine. Elle entendait un chien dehors et ne comprenait pas pourquoi Max ne les rejoignait pas pour les défendre. Eux qui étaient si vulnérables.

Merde. Pourquoi j'ai cédé au caprice de Lucas ? Pourquoi je n'ai pas écouté mon instinct ? Pourquoi j'ai ignoré les avertissements d'Alan ? Pourquoi il faut qu'on tombe sur une bande de détraqués ? Pourquoi ? Nous sommes deux agneaux. Deux petits os à ronger. Et eux des putains de loups attendant leur repas. Abdique, Alice. Fais-le pour ton frère. Ils te tueront rapidement si tu ne résistes pas. Non ! Allez, baisse ton arme. Donne-leur ce qu'ils veulent. Lucas vivra. Parmi eux ou ailleurs. Non ! Mensonges. Ils n'ont rien et ils ont faim. Ils ne laisseront partir personne. Ça a quel goût un être humain ? Putain. Je les entends à peine. Siffler entre eux comme des serpents avant de mordre. Mordre ma chair. Me dépecer. Vivante ? Non ! Prends tes jambes à ton coup, Alice. Reste pas figée. On dirait un faon devant les phares d'une bagnole. Le fusil est lourd, je commence à avoir mal aux bras. Alors vas-y, tire. Une balle. Deux balles. Trop peu. Après, on est morts. Alors, quoi ? Crever sans rien tenter ? Non ! Ouvre la bouche. Cloue-leur le bec. Fais semblant d'avoir le contrôle. Gagne du temps. Les intimider, c'est ta seule chance. Un agneau, c'est mignon, mais ça peut mordre. Allez-vous faire foutre, dégénérés de cannibales.

« Non ! J'ai une troisième option », dit-elle d'une voix froide en plaçant son doigt sur la détente.

Un ange passa.

« Et c'est quoi exactement ta troisième option, ma poulette ? Tu comptes nous réciter un poème avant de nous canarder ? » se moqua le type au manteau noir.

Alice serra la mâchoire.

« Non. Je tire d'abord. Mais si t'es encore vivant, promis, je te déclamerai du Baudelaire. »

Le chef aux cheveux gras cligna des yeux avant d'éclater de rire, rapidement suivi par ses hommes.

« Bordel, j'aime cette gamine ! Elle n'est peut-être pas si inoffensive que ça. En tout cas, elle a de la répartie. Dommage qu'on doive la buter », lança-t-il.

Lucas, blême, passa devant sa sœur.

« À huit contre deux ? C'est pas juste ! Trouvez-vous des adversaires à votre taille. Prenez ça et allez-vous-en ! » cria-t-il en leur lançant deux boites de conserve provenant de son sac.

Un homme petit à la peau tannée, qui n'avait pas encore pris la parole, fit claquer sa langue.

« Tu crois quand même pas que ça va nous suffire ? Même avec toutes vos petites provisions, on va pas se remplir la panse. Et la viande fraiche, rien à faire, c'est quand même autre chose. Ça tient au corps, au moins. Désolé, gamin. Y'a huit estomacs qui crient famine, et vous êtes là. J'reconnais que c'est pas d'bol pour vous, mais c'est comme ça. On fait pas de distinction parmi nos victimes. Question de principes. »

Lucas, tremblant de peur et de rage, répliqua.

« Des principes ? Bah voyons… C'est plutôt drôle, pour un groupe de minables armés qui menacent deux enfants ! »

Alice n'avait jamais entendu son petit frère parler de la sorte. Elle vit le chef plisser les yeux, amusé, avant de se tourner vers son gang. Il s'était attendu à des pleurs et des supplications. Pas à deux mômes qui leur tiendraient tête.

« Mais c'est qu'il nous traite de minables, le bambino ! Il a du cran, lui aussi. Ça m'amuse. Finalement, je ne sais pas si on va te laisser partir ou t'adopter. Qu'est-ce que t'en penses ? On ne te fera pas de mal, et on ne t'obligera pas à goûter ta sœur… »

Lucas le détailla de bas en haut avec une moue dégoûtée. Le chauve, qui ne cessait de reluquer Alice, se tapa le poing sur le torse.

« Bon, j'aime pas perdre mon temps. Alors maintenant, fais ton choix. Tu te rends pour sauver la mise à ton frère, oui ou non ? » demanda-t-il en raffermissant sa prise sur son revolver.

Derrière lui, ça s'agite, ça se pourlèche les babines, ça sourit et ça se rapproche. Des hyènes prêtes à fondre sur leur butin. L'atmosphère est électrique. N'y tenant plus, Alice tourna la tête vers son frère qui eut l'air de lire dans ses pensées.

M'en voudras-tu, petit frère ? De ne pas me laisser dévorer pour toi ? Me pardonneras-tu ?

Elle crut lire une réponse dans les grands yeux bleus de Lucas.

Plutôt mourir que de les regarder te faire du mal, grande sœur.

En un regard d'une fraction de seconde, ils se mirent d'accord.

Bien sûr... Que vaut une mauvaise option lorsqu'il n'y a pas d'alternative ? C'est évident. Les agneaux ne se battent pas. Les agneaux ne parlementent pas. Les agneaux ne se laissent pas faire. Face au danger, ils font comme tous les animaux menacés. Ils prennent la fuite.

D'un seul mouvement, Alice et Lucas se mirent à courir dans la direction opposée. Ils détalèrent à toutes jambes, l'adrénaline leur donnant des ailes. Alice regarda par-dessus son épaule et s'aperçut que le chef aux cheveux gras avait sorti son arme. Il s'écoula plusieurs secondes avant la première détonation. La balle se logea à deux mètres de la jeune fille, dans un ancien distributeur de tickets à gratter. Les enfants pouvaient distinguer les cris rauques des hommes en furie derrière eux et la grosse voix du chauve s'écrier :

« Arrête, qu'est-ce que tu fous ?! Tire pas. Je me tape pas les cadavres, moi ! Range ton flingue, on aura vite fait de les rattraper vivants. Allez, que la chasse commence ! »

Et ils s'élancèrent. Comme un seul homme. À la poursuite du gibier. Une battue, voilà ce que c'était. Au bout du hall, Alice tourna brusquement vers la droite, en direction des toilettes du magasin, se fiant au panneau défraîchi qui indiquait juste en dessous « Issue de secours ». Ils y étaient presque lorsqu'Alice entendit un cri de surprise derrière elle. Elle se retourna juste à temps pour voir Lucas trébucher. L'homme au teint hâlé les talonnait de près, mais elle n'hésita pas. Elle se précipita vers son frère pour l'aider à se relever et le pousser en avant. Avant de sentir une main lui étreindre le bras.

« Lâche-moi ! » hurla Alice en se débattant. Trop faible. Elle n'était plus un agneau, mais un lapin entre les serres d'un aigle. « L'issue de secours ! Fonce,

Lucas ! Ne m'attends pas ! » cria-t-elle en désespoir de cause.

Tandis que celui qui la tenait la projeta violemment à terre en posant un genou sur son sac à dos pour l'immobiliser, Alice vit son frère pousser la barre de la porte qui menait à son salut. Elle le vit hésiter, le regard dément, effrayé et perdu tout à la fois. Elle vit le début des larmes au fond du lagon qui s'apprêtait à déborder. Elle le vit se faufiler par le passage et lâcher le montant qui retomba comme un couperet.

Les autres, dès qu'ils avaient vu Alice se faire attraper, avaient cessé de courir. Essoufflés, affamés, déjà à bout. Ils prenaient leur temps pour les rejoindre, tripotant leurs armes, se déhanchant presque. Sûrs d'eux. Conscients qu'elle était prise au piège.

Je vais mourir ici. Son poids sur moi. Le fusil sous moi. Écrasée. Suffoque. Non. Respire. Le goût du sang dans ma bouche. Refoule la nausée. Les étoiles se sont décrochées du ciel. Elles sont là. Déposées sous mes paupières. Pour une dernière danse. Ils arrivent. Les sept autres. Je sais ce qui va venir. Leurs doigts froids sur ma peau. Comme dans la pharmacie. Non. Bien pire. Ils vont me prendre. Puis m'égorger, me faire cuire et m'engloutir. Se repaître de mon corps tout entier. Je vais mourir ici. Ils arrivent. Oh, Lucas. Cours. Loin. Oublie-moi. Je vais rejoindre papa. Je vais rejoindre maman. Les voilà. Tous en cercle autour de moi. Campés comme des cow-boys. Non. Pas ça. Je sens leur chaleur. L'odeur de la sueur. Leur excitation. Ils vont tâter la viande. Puis m'achever comme une bête. Ouverte, brisée, découpée, avalée. Leurs bouches répugnantes et leurs dents jaunes. Je vais mourir ici. Pourtant, ça fourmille dans mes veines. Ça gronde dans mes artères. Mes bras se contractent. Mes muscles brûlent. Ma mâchoire claque. Ce n'est plus la peur qui monte en moi. C'est la rage. J'aspire la haine qu'ils dégagent. J'absorbe leur férocité. Je m'abreuve de leur dépravation. Et je deviens le monstre. Celui qui ne se laisse pas faire. Pas cette fois. Pas comme ça. Je refuse. Je ne mourrai pas ici.

En un instant, Alice saisit son couteau de chasse à la ceinture et le planta dans la cuisse de son agresseur qui tomba sur le côté, se tordant de douleur. Elle rampa, vive comme l'éclair, pour passer entre les jambes écartées du vieux au nez cassé en face d'elle. Celui-ci saisit son sac au moment où elle se relevait et Alice lui balança un coup de pied en une ruade qui l'envoya valdinguer. Elle prit alors son élan et commença à sprinter, mais le grand chauve fondit sur elle pour l'arrêter dans sa course. La jeune fille lui asséna un coup de crosse en pleine figure et réussit à se dégager de son emprise, avant de se précipiter à son tour vers l'issue de secours, priant pour que son frère ne l'ait pas bloquée. Lorsqu'elle passa le seuil de la porte, elle eut tout juste le temps d'entendre le chef ordonner à l'un des siens de la poursuivre pour lui donner une leçon. Enfin à l'extérieur, le souffle court, elle ne s'arrêta pas et partit tout droit, sans réfléchir. Simplement pour augmenter la distance qui la séparait de son poursuivant. Elle traversait le parking à toute allure quand elle entendit les aboiements étouffés. Tournant la tête sur sa droite, elle vit le Cane Corso attaché, ou plutôt hissé à un ancien pylône électrique, se tenant debout sur les pattes arrière, à moitié pendu. Elle bondit vers lui, haletante, et ouvrit la pochette avant de son sac pour en sortir un canif. Elle coupa le lien qui retenait Max captif. Son cou était marqué par le lasso utilisé pour l'attraper et qui avait manqué de l'étrangler. Le chien libéré, ils décampèrent vers l'avenue pour prendre le chemin le plus court vers la maison d'Alan, avec l'espoir d'y retrouver Lucas. Alice ne pensa même pas qu'elle pourrait mettre son ami en danger. Elle devait avant tout se cacher. Et retrouver son frère.

« Pourvu qu'il ait eu la même idée. On aurait dû se donner un point de rendez-vous au cas où ça tournerait mal », pensa-t-elle.

La jeune fille n'en pouvait plus. Elle trottinait à présent, suivi de son chien qui n'en menait pas large non plus, restant une vingtaine de mètres derrière elle, titubant par moments, comme s'il manquait d'oxygène. Elle s'inquiétait de ne voir personne à ses trousses.

« Ils ont abandonné… Peut-être qu'ils ont mis la main sur Lucas ? » se dit-elle tout en préférant refouler cette idée.

Elle comprit deux intersections plus loin qu'elle se trompait. Celui qui la pourchassait n'avait pas renoncé. Il avait fait le tour par les rues parallèles pour la prendre en traître. Du coin de l'œil, elle eut juste le temps d'apercevoir le déplacement tout proche, avant de sentir un élancement atroce dans sa hanche gauche. Elle sentit immédiatement le sang tacher son pantalon. En face d'elle se tenait celui qui portait une capuche. Elle le vit lever à nouveau sa batte de baseball cloutée pour lui redonner un coup. Puis, soudain, ses yeux exorbités par la peur. Max venait de rejoindre Alice.

Sans demander son reste, l'homme fit demi-tour et se mit à courir. Mauvaise idée. L'instinct de prédation du molosse se déclencha et il partit au galop. Puisant dans ses ressources, retrouvant toute son énergie pour rattraper celui qui avait versé le sang de sa maîtresse. Il attrapa le mollet entre ses dents, faisant tomber l'homme dans un choc brutal sur le trottoir sale. Il le maintint fermement sous son poids, ne comptant pas bouger d'un poil tant que la menace n'était pas écartée. Il attendait un signal, un mot. Il grognait tout contre la nuque, prêt à réagir au moindre mouvement.

« Bon chien », murmura Alice qui les avait rejoints. Elle s'agenouilla et enleva la capuche, surprise de constater à quel point son agresseur était jeune. Pas autant qu'elle, mais pas beaucoup plus vieux. À peine adulte. Le chef du gang avait envoyé le plus en forme à sa poursuite.

« Laisse-moi... s'il te plaît... je t'en prie. Je ne suis pas comme eux, je le jure... Je voulais même pas qu'ils vous fassent du mal », balbutia le jeune homme qui n'osait même pas se tordre pour tenter de se libérer.

Alice savait que les gens pouvaient mentir pour sauver leur peau. Mais elle se souvint qu'il avait été le seul à oser contredire les siens, à dire qu'il ne voulait pas s'attaquer à des enfants… Après tout, c'était peut-être vrai. Peut-être bien qu'il ne faisait que suivre le troupeau. Contraint et forcé, si ça se trouvait. Sûrement même que ce n'était pas la vie dont il avait rêvé. Mais bon, ça ne faisait pas de lui un innocent. Alice le scruta longuement d'un regard qui oscillait entre compassion et sévérité. Mais elle avait mal, elle était en colère et la dureté prit le dessus. Alors elle se releva et pointa son fusil pour faire comprendre au garçon qu'il était à sa merci.

« Est-ce que tu sais où est mon frère ? Est-ce que tu l'as croisé ? Est-ce que les autres l'ont attrapé ? »

Le jeune homme se mit à pleurer, terrifié.

« Non… Je l'ai pas vu. Les autres sont encore dans le magasin donc… je sais pas où il est parti, mais il est pas avec nous », répondit-il sans pouvoir essuyer ses larmes qui traçaient des sillons sur ses joues noires de crasse.

Alice se demandait si elle devait insister, le faire souffrir pour tester son honnêteté et voir s'il pouvait se montrer plus coopératif. Sa hanche la titillait et elle serra les dents, écumant de fureur. Elle ne savait pas quoi faire, mais il fallait agir vite. Les autres ne tarderaient pas à les retrouver. Ses doigts se resserrèrent autour de la crosse et elle plaça son doigt sur la gâchette.

« Non ! Pitié… Maman ! Maman ! »

Les cris désespérés du garçon vrillèrent le cœur d'Alice, la faisant vaciller. Elle pensa à sa propre mère. À son écharpe qu'elle avait gardée précieusement, pliée au fond de son sac. Puis, sans prévenir, les mots de son père se rappelèrent à elle : « Quand on tient une arme à feu et qu'on est en colère ou effrayé, se maîtriser est parfois le plus difficile. »

Finalement, elle détourna les yeux et baissa son arme. Abattue par tous ces évènements. Une pointe d'espoir traversa le jeune homme à terre qui inspira une grande goulée d'air.

« Je te donne ma parole qu'on ne vous cherchera pas. On part aujourd'hui même pour Perpignan. Tu ne recroiseras jamais notre route », voulut-il la convaincre.

« Et vous allez laisser échapper un repas ? Me prend pas pour une conne, le famélique. Vous avez besoin de calories pour continuer à marcher jusque là-bas… Et compte pas sur moi pour te filer mon sac », persiffla-t-elle.

« Pas la peine. On a déjà de quoi bouffer pour deux jours, peut-être plus s'il fait moins chaud. Le chef ne perdra pas de temps à vous pister à travers le village. Vous risquez plus rien, ton frère et toi. »

Alice fronça les sourcils. Voyant qu'elle ne comprenait pas, le jeune homme expliqua :

« Arthur... Il ne pourra pas continuer dans cet état. Le chef doit l'avoir déjà achevé à l'heure qu'il est. On ne traîne pas les blessés. Ce sont des poids… »

Alice posa une main sur sa tempe, sentant la migraine s'installer dans son crâne. Elle réalisa qu'elle avait condamné un homme à mourir, en lui plantant son couteau dans la jambe. Elle eut envie de vomir et s'éloigna en se tenant aux murs des maisons, sifflant Max pour qu'il relâche sa proie.

27

Les pas d'Alice la conduisirent devant le pavillon d'Alan. Elle frappa à la porte, mais personne ne répondit. Il devait être encore auprès du marchand ambulant pour se réapprovisionner, elle ne savait où. Mais ce n'était pas ce qui lui importait le plus à ce moment. Lucas n'était pas là. Elle avait imaginé trouver le garçon accroupi à l'attendre devant la porte ou à l'intérieur, en sécurité. Mais non. Elle n'osait pas crier dans les rues et prendre le risque d'attirer inutilement l'attention. Alors elle chercha, à pied, vérifiant chaque rue aux alentours. Rien. Nulle part. Elle marcha des heures entières, en boitant tant sa hanche la faisant souffrir. À la nuit tombée, elle céda face à ses muscles endoloris de fatigue et retenta sa chance chez Alan. Cette fois-ci, l'ex-motard lui ouvrit et sa bouche s'arrondit de stupeur.

La lumière grise du crépuscule plongeait le salon dans une obscurité qui n'avait plus rien de bienveillant. Alice avait appliqué une pommade naturelle de Marilyn sur sa blessure, en se disant que ça ne pouvait pas faire de mal. Elle avait donné à boire et à manger au chien pour qu'il récupère, puis s'était couchée sur le canapé, accablée. Alan avait sorti un bandage d'une trousse à pharmacie et lui avait fait un pansement. Il avait été délicat, n'avait pas enfoncé le clou, n'avait pas fait de sermon du style « je t'avais prévenue que c'était dangereux… ». Il cherchait simplement à comprendre la disparition de Lucas. Ensemble, ils émettaient tout un tas d'hypothèses sur ce qui aurait pu lui arriver, en se mettant dans sa tête pour imaginer ses réactions d'enfant de dix ans.

« Repose toi, ma grande. Tu sais, il est malin ton frère, il a sûrement trouvé un abri quelque part et il attend que les choses se tassent avant de rentrer. Attendons de voir demain », dit doucement Alan en bordant la jeune fille sous une couverture.

 « Mais il me pense peut-être morte à l'heure qu'il est. Tu te rends compte ? Il n'est sûrement pas lui-même. Et s'il est toujours dehors sans savoir quoi faire, ni où aller ? Je ne veux même pas y penser. Il doit avoir si peur et être si triste », répondit-elle en secouant la tête et en éclatant en sanglots.

Alan lui caressa les cheveux, ne sachant pas comment la réconforter autrement. Lui aussi s'inquiétait. Il ne voulait pas l'avouer, mais il pensait que c'était mauvais signe que le petit ne soit pas là.

« On va le retrouver. Et puis, il a toujours son sac. Il a des vêtements chauds, des armes blanches, des outils, encore un peu de quoi manger et ses cartes. Toute la panoplie du petit randonneur. Ne le sous-estime pas, il saura se débrouiller un peu sans toi », voulut-il plaisanter pour lui remonter le moral.

Alice lui sourit faiblement à travers ses larmes.

« Merci, Alan. Je vais essayer de fermer l'œil », dit-elle, souhaitant rester un peu seule. Sa tête cognait, comme prise dans un étau fait de pensées et d'angoisse. Une tempête sous son crâne qui ne lui autorisait guère le repos.

Elle se vit dans la nuit noire, au bord d'une falaise immense, observant le vide qui s'étendait à ses pieds. Le vent hurlait autour d'elle, sifflant dans ses oreilles et lui faisant parvenir une voix.

« Alice ! Alice, aide-moi ! »

Un cri désespéré dont elle ne trouvait pas la source autour d'elle.

« Lucas ! Où es-tu ? »

Elle avait hurlé, mais sa voix se noya dans le tumulte d'un coup de tonnerre. Un frisson parcourut son échine lorsque l'appel de son frère se fit plus insistant.

« Au secours, Alice ! Ils sont là, ils vont me prendre ! »

Elle s'élança au hasard, mais la pluie lui fouettait le visage, si fort qu'elle pouvait à peine ouvrir les yeux.

« Lucas ! Je suis là ! Ne t'inquiète pas, j'arrive ! »

Alice chancela, trébucha et se remit à courir. Elle se dirigea vers un énorme rocher et c'est là qu'elle le vit. Son frère, debout, les mains attachées dans le dos. Elle voulut s'approcher, mais des nuages se formèrent et se métamorphosèrent en visages inhumains aux contours déformés, masquant Lucas.

« Il ne s'échappera pas », tonna une voix orageuse.

Alice était maintenant paralysée. Ses jambes s'enfonçaient dans la boue causée par le ruissellement de l'eau et elle n'arrivait plus à les extraire. Prisonnière de son impuissance. Elle ne pouvait pas le sauver. Les pleurs de Lucas lui parvenaient de plus en plus distants, effacés.

« Non ! » hurla Alice en tendant les mains vers son petit frère. À cet instant, le sol trembla et le pan de la falaise où elle se trouvait s'effondra. Elle glissa dans l'abîme sans fond… et se réveilla en sursaut.

C'était déjà le matin. Max la regardait, la tête penchée sur le côté, en gémissant faiblement. Il s'était inquiété de la voir s'agiter dans son sommeil. Alice le caressa en se levant et sortit sans attendre qu'Alan ne se lève. Elle devait continuer ses recherches sans perdre une seconde. Son frère l'attendait quelque part, elle le savait. Elle mit son canif dans une poche, passa le fusil en bandoulière et attacha la machette à sa ceinture. Elle ne voulait pas s'encombrer de son sac qui la ralentirait.

Elle arpenta à nouveau les rues, en long, en large et en travers, scrutant chaque coin et recoin en espérant apercevoir la silhouette familière de Lucas. Cela dura des heures avant qu'enfin, au fond d'une ruelle, Alice vit quelque chose bouger. Max réagit en même temps qu'elle et se tendit, le poitrail en avant. Faisant fi de toute prudence, elle courut, le chien sur ses talons. Une femme surgit de derrière une ancienne benne à ordure, un arc et un carquois rempli de flèches dans son dos. Elle approchait de la quarantaine, même si elle en paraissait bien davantage. La peau de son visage était comme une terre fraîchement labourée. Des sillons la parcouraient, presque linéaires, comme si les rides attendaient simplement qu'on y plante des semis pour se refermer. Elle était vêtue d'un assemblage de pièces cousues ensemble et qui formaient un patchwork de haillons décolorés. Deux oiseaux morts pendaient à sa ceinture de corde et son regard vitreux paraissait sonder l'âme d'Alice.

« Tu joues à cache-cache avec tes espoirs », marmonna la femme d'une voix éraillée.

Alice sursauta, à cran.

« Pardon ? Qu'est-ce que vous avez dit ? »

Pour toute réponse, la femme replaça une mèche de ses cheveux roux en désordre.

« Écoutez, je m'appelle Alice et je cherche mon frère, Lucas. Est-ce que vous auriez vu un garçon de dix ans ? », tenta la jeune fille, sans conviction.

« Nadia », répondit l'inconnue en plaçant ses mains en prière devant son cœur.

Alice pensa qu'elle perdait son temps, mais elle avait besoin d'une réponse claire.

« S'il vous plaît… Je l'ai perdu de vue depuis hier. Vous pouvez juste me dire si vous l'avez croisé ? »

Nadia secoua la tête de manière indéfinie. Nul n'aurait su dire si c'était un oui ou un non.

« Tu n'avais pas imaginé que les choses finiraient ainsi. Tu as fait une promesse que tu ne pourras pas tenir », souffla-t-elle en se rapprochant très près d'Alice, la touchant presque.

Alice en avait assez. Elle recula et serra les poings. Elle sentit une boule de haine se former dans ses entrailles et eut envie de gifler l'inconnue, juste comme ça. Pourtant, elle savait qu'elle ne craignait rien. Max n'était pas en état d'alerte. Au contraire, il s'était sagement assis, comme si la présence de cette femme l'apaisait, contrairement à sa maîtresse.

« Ce n'est rien. Laisse venir les émotions. Faut que ça sorte, sinon ça te submerge », reprit Nadia. « Ne cours pas après ce que tu as perdu. Il serait devenu un homme. Et ce sont les hommes cupides et leur folie qui ont précipité notre chute. Ils auraient pu faire des choix sensés, sauver le monde. À la place, ils ont choisi l'appât du gain. Maintenant, nous sommes là, à fouiller les décombres de nos rêves. »

Alice fronça les sourcils. Il y avait une forme de sagesse, dans les mots de cette inconnue, qui lui rappelait les discussions politiques de ses parents et de ses voisins, avant. Avant l'attaque, avant l'incendie, avant la pharmacie, avant la route, avant la disparition de Lucas. Elle se dit qu'il était temps de s'éloigner, de poursuivre sa quête, mais quelque chose la retenait. Elle se sentait si mal et avait besoin de se raccrocher à n'importe quoi, fut-ce à une cinglée.

« Mais à bien y réfléchir, entre le bon sens et l'argent, je choisirais toujours un bon vieux jambon-beurre. Rien de tel », continua Nadia qui avait pris un des pigeons morts entre ses mains. Elle lui caressait délicatement les ailes, son front posé contre la petite tête frêle qui pendait dans le vide.

« Moi, tout ce que je veux, c'est retrouver mon petit frère », soupira Alice, désemparée.

« Ce n'est pas ainsi que tu atteindras le bonheur, ma belle. Il suffit de s'habituer. On s'habitue à tout, même à l'absence. Mais aussi à la joie, la santé, le confort, le bien-être, les habitudes. C'est pour ça que c'est déchirant d'avoir à prendre des décisions. Car au fond on a peur de l'inconnu, de l'avenir et surtout la trouille qu'il soit pire que notre situation actuelle. Alors on reste empêtré, comme un insecte dans une toile d'araignée, mais qui n'aurait pas vraiment la volonté de s'enfuir. Pourtant, il suffit d'être heureux. De se satisfaire des choses très simples. De profiter du temps. Et c'est pas ce qui nous manque, de nos jours, maintenant qu'on est enfin sortis du carcan. Plus besoin d'aller travailler, de rattraper sa vie pendant ses cinq semaines de congés, d'être un modèle de réussite pour la société. Comme si la société était un modèle, elle… Et les antidépresseurs pour oublier que ça pourrait être mieux. Tu es une enfant de l'enfer, toi, tu ignores tout ça. Tu n'as jamais connu les innombrables allers-retours entre le foyer et le boulot pour essayer tant bien que mal d'épargner, pour pouvoir demander un prêt, pour acheter une belle petite maison orientée sud et pouvoir avoir des enfants. Parce que c'était ce qu'il fallait faire, comme tout le reste, c'était la norme. Dans une époque où l'humanité croyait encore qu'elle pouvait contrôler la planète et manipuler ses ressources à sa guise. Alors tu comprends, rien de tout ça ne me manque. Au contraire, je jouis enfin de cette liberté. Une vraie liberté, viscérale, quand je me promène parmi les souvenirs et les vestiges de ce passé révolu sur lequel je crache », s'exprima Nadia dont les pupilles bougeaient très vite, roulant dans ses yeux comme si elle était en transe.

Alice l'avait écoutée sans l'interrompre. Dans un autre contexte, elle aurait essayé d'en apprendre davantage, elle aurait posé des questions sur le monde d'avant qui l'intéressait tant. Mais le temps pressait, c'était déjà la fin d'après-midi. Elle se demanda si elle devait inviter Nadia chez Alan, mais abandonna l'idée. Après tout, elle était folle et imprévisible et Alan n'aurait sûrement pas envie de l'avoir sur les bras.

« Ce n'est pas possible pour moi, Nadia. Pour vivre libre et sans entraves, il ne faut pas avoir de regrets. Je ne peux pas juste continuer comme si de rien n'était et abandonner mon frère. Je ne me le pardonnerais jamais », conclut Alice en tournant les talons pour prendre congé.

Avant qu'elle ait eu le temps de s'éloigner, Nadia lui saisit subitement le bras, avant de lever la tête pour humer l'air. La femme renifla plusieurs fois très fort, les narines frétillantes, puis posa le regard sur Max et lui adressa un grand sourire.

« Tu devrais remonter la piste. Toi seul en es capable. Utilise ton flair de toutou. »

Sur ce, elle se détourna nonchalamment et partit. Alice resta interdite un moment. Comment n'y avait-elle pas pensé plus tôt ? Elle se hâta jusqu'à la maison d'Alan, ignorant l'élancement dans sa hanche et ses pieds douloureux après une nouvelle journée de recherche infructueuse. Elle déboula dans le salon comme une tornade et se précipita sur son sac à dos. Alan, qui avait préféré rester sur place au cas où le garçon reviendrait, l'observa retirer un petit cabas en jute. Dedans, elle gardait le linge vraiment sale qu'elle n'avait pas encore pris le temps de laver et de sécher. Des sous-vêtements à elle, une veste à elle, deux paires de chaussettes à elle, un pantalon à elle recouvert de bave de chien et… un maillot de Lucas. Elle remit celui-ci dans le cabas en enlevant tout le reste et en évitant de le manipuler davantage.

« Demain, on retourne au supermarché. Ce sera à toi de jouer, mon loulou. Je compte sur toi », dit-elle très sérieusement à son chien en lui enserrant l'encolure.

28

Cela faisait déjà quarante-huit heures depuis leur séparation. Une éternité pour Alice, dont l'estomac se tordait à cette idée. Le désespoir s'immisçait doucement dans tout son être et elle se répétait « Tiens bon, petit frère » en boucle comme un mantra. Elle s'accrochait à l'idée folle soumise par Nadia. Retourner au centre commercial et faire sentir le vêtement de Lucas à Max, une fois sur place. Elle devait de tenter le coup. Sans garantie aucune. Elle se résigna à reprendre exactement le même trajet, pour ne pas brouiller l'éventuelle piste, et entra à nouveau à l'intérieur du magasin. Elle traversa le grand hall en faisant taire son cœur qui palpitait et frôla le piano au passage, se remémorant la joie de son frère. Était-ce la musique qui les avait trahis ? Ou l'explosion de la conserve périmée ? C'était inutile de revenir sur les faits. C'était arrivé, c'est tout. Et pourtant, Alice ne pouvait s'empêcher de rejouer chaque détail de la scène, en modifiant les évènements, son comportement, en gérant mieux la situation et en créant une fin différente, un dénouement heureux. En revoyant l'issue de secours du grand bâtiment, cela lui fit un choc et elle eut un vertige, l'espace d'un instant. C'était là qu'elle avait vu Lucas pour la dernière fois. Et c'est à cet endroit précis qu'elle sortit le maillot porté plusieurs jours et qui devait être encore imprégné de son odeur.

« Max ! » appela Alice.

Le Cane Corso s'approcha, la queue battant joyeusement, et elle plaça le vêtement devant lui en donnant un ordre. Juste un petit mot, qui pouvait tout changer. Ou réduire ses derniers espoirs à néant.

« Cherche ! »

Le chien la regarda dans les yeux et Alice sut tout de suite qu'il avait compris ce qu'elle attendait de lui. Elle avait l'impression qu'il n'avait même pas reniflé le linge, ou à peine, et pourtant… Max prit un air grave, presque concentré et gratta contre le montant de la porte qui menait vers l'extérieur. Alice exulta, mais ne dit rien, de peur de perturber le travail du molosse. Elle ouvrit l'issue de secours et ils se retrouvèrent sur le parking. La truffe au sol, le chien trottinait lentement, tout droit, sans hésiter, percevant quelque chose qu'Alice aurait été bien incapable de saisir. Elle suivait le chien en gardant un peu de distance, sans même oser l'encourager, observant attentivement ses réactions. Une fois sur l'avenue, le chien semblait s'interroger à chaque intersection, faisant quelques pas dans les ruelles adjacentes, avant de revenir sur sa trajectoire. Alice remarqua vite qu'il prenait la direction de la maison d'Alan et elle s'en inquiéta.

« Il remonte peut-être notre piste à l'envers. Dans ce cas, ça ne mènera à rien… », pensa-t-elle.

Suivre l'odeur. Le petit mâle. Passé par là. Le trouver. Important. Oui. Ici. Touché le poteau. Par là. Semelle sur la feuille. Indice. À droite. Non. Demi-

tour. Peau. Sueur. Ancienne. Dure à suivre. Pas perdre la piste. Furtive. Renifle. Encore. Ça chatouille. Continue. Mission. Elle a dit cherche. Pas stop. Trace. Là ! Plus fort ! Plus net ! Maison connue. Plein d'odeurs. Porte. Lucas.

Lorsqu'elle aperçut la maison d'Alan dans son champ de vision, Alice n'eut plus de doute possible. Elle se frotta les yeux, défaite, vaincue. Max, après avoir fait quelques cercles devant la porte d'entrée du pavillon, s'arrêta enfin et s'assit. Ses yeux doux cherchèrent l'approbation d'Alice et ses oreilles se dressèrent un peu dans l'attente d'une caresse en guise de récompense. Mais rien ne vint. Profondément déçue, Alice se laissa tomber, dos contre le mur de la façade.

« Oh, Max. Tu te fous de moi, je sais bien que Lucas était ici… Bon, c'est pas grave, t'as fait ce que t'as pu, t'es un bon chien au flair aiguisé. Et moi, je ne suis rien qu'une idiote d'avoir tout misé là-dessus pour retrouver mon frère. C'était couru d'avance », grommela-t-elle.

Le chien, frustré du manque d'enthousiasme de sa maîtresse, donna un petit coup de museau sur la porte, comme pour dire « Mais c'est ici, je t'assure ! ». Soudain, Alan apparut dans l'embrasure. Quand il vit Alice, dépitée, tenant encore le tee-shirt de Lucas, il comprit que le chien l'avait menée jusqu'ici. « Logique », pensa-t-il. Il tendit la main vers Alice pour l'aider à se relever.

« Je vais te préparer un thé. Allez, rentre. »

Mais le Cane Corso refusa de les suivre à l'intérieur. Il continuait obstinément de pointer la porte entrouverte avec son museau. Alan s'impatienta et haussa le ton pour que le chien obéisse. C'est alors que Max renifla avec insistance un endroit particulier, vers le bas. Enfin, pour contrer l'aveuglement et l'ignorance des humains qui ne discernaient rien, il se fit encore plus expressif. Il aboya en grattant le boudin de porte plusieurs fois.

« Qu'est-ce que … ? » demanda Alice, tombant à genoux pour observer de plus près. Son cœur avait fait un bond immense dans sa poitrine. Parce qu'elle avait enfin saisi ce que le chien voulait lui montrer. Et elle savait, avant même d'en avoir la certitude absolue, que cette découverte la rapprocherait de son petit frère disparu. Alors, en soulevant le morceau de tissu qui isolait la porte, aussi bien des courants d'air que des rats, elle le vit. Un morceau de papier plié, invisible au premier coup d'œil, coincé là-dessous depuis tout ce temps. Elle le saisit et reconnut un morceau de la carte de France, arraché à la hâte et griffonné par l'écriture de Lucas.

« Alice, je suis passé directement après l'attaque, mais il n'y avait personne. Trop dangereux de rester dans les parages, surtout sans Alan. J'espère que tu as réussi à t'échapper. Je crois bien que je le sentirais si tu étais morte. Donc tu es vivante et tu verras ce mot… On se retrouve au Mont Canigou. Je t'y attendrai. Au moins jusqu'à ce que mon cœur me fasse comprendre que ce n'est plus la peine. À bientôt, grande sœur. Je t'aime. »

Alice tremblait de tous ses membres sans pouvoir se contrôler. Elle plongea son regard dans celui d'Alan qui ne chercha même pas à discuter, ni à la retenir. Il savait qu'elle partirait le jour-même. Il rangea lui-même les affaires de la jeune fille dans son sac à dos, y ajouta un paquet de pâtes et quelques biscuits secs et referma le tout. Il le lui tendit avec un clin d'œil.

« Tu connais la direction et les points de repère. Même sans carte, tu devrais y arriver. Après tout, il te suffit de suivre la montagne, elle ne passe pas inaperçue ! J'ai confiance. Mais il te faudra deux jours de marche pour l'atteindre. Et tu fais peut-être tout ce chemin pour rien… Je ne cherche pas à te décourager, c'est juste que… Ne te fais pas trop d'illusions, gamine. Prends soin de toi et repasse me voir au retour, compris ? »

Alice ne savait pas quoi dire, elle ne trouvait plus les mots, elle était sonnée. Elle rangea fébrilement le précieux mot de Lucas dans sa pochette latérale et fit une multitude de gratouilles à Max. « Meilleur toutou du monde », lui chuchota-t-elle dans le creux de l'oreille. Puis, elle se tourna vers Alan.

« Merci pour tout. Grâce à toi, j'ai appris qu'il y a encore des gens bons dans ce monde. »

Alan ne put répondre quoi que ce soit. Sa gorge était trop nouée. Sans le savoir, la petite venait de lui faire le plus beau des compliments. Il se contenta de la regarder franchir une dernière fois le pas de sa porte, dépasser le jardin en friche et s'éloigner à vive allure. Déterminée. Un regain de force et de vitalité dans les jambes. Il resta là longtemps après son départ, à offrir son visage au soleil comme un tournesol, priant intérieurement que les deux enfants se retrouvent. Il n'en revenait pas. Lucas avait continué sa route, en pensant que sa sœur ferait de même, si elle était toujours vivante. Après tout, ils n'étaient plus si loin et c'était leur destination finale, leur promesse. Il possédait la carte qu'il connaissait par cœur et n'avait pas voulu renoncer, même tout seul. Il se savait rapide, courageux, avec un excellent sens de l'orientation. Et surtout, s'il pensait avoir peut-être perdu toute sa famille, c'est bien tout ce qui lui restait à faire. À situation désespérée, décision désespérée. Alors bien sûr qu'il ne s'était pas fait attraper, bien sûr qu'il était sain et sauf, bien sûr qu'il avait décidé de se rendre à la montagne sacrée, bien sûr qu'il attendait sa sœur en haut. Il le fallait.

29

Alice avait quitté Ille-sur-Têt en milieu de matinée et marchait depuis sans discontinuer. Si elle en avait eu la capacité, elle aurait couru jusqu'au Mont Canigou. Elle avait déjà perdu trop de temps et essayait de se focaliser sur les kilomètres parcourus pour rester positive, mais elle avait l'impression que la montagne était un arc-en-ciel. Inaccessible, toujours trop lointaine. Elle grignota quelques morceaux de viande séchée, qu'elle se forçait à mâcher longtemps, tout en continuant sa route à pas rapides. En fin d'après-midi, son esprit était tourmenté autant par la fatigue que par la peur. Au fur et à mesure qu'elle progressait, la réalité de la situation s'imposait et le doute perçait. Lucas lui manquait terriblement et elle redoutait le pire.

Qu'est-ce que je fabrique ? C'est complètement fou. Vraiment n'importe quoi. Je n'ai aucune garantie de le retrouver. Pourtant, il faut bien essayer. Et puis, si mon petit frère de dix ans l'a fait, j'en suis capable, moi aussi. Mais bon sang, Lucas a-t-il vraiment réussi à atteindre le Mont Canigou tout seul ? Et si tout était vain ? Si quelque chose lui était arrivé ? Si je ne le trouvais jamais ? Oh… que se passera-t-il si je reviens sans lui ? Je ne peux pas… je ne peux pas. Allez, ne pense pas à ça, concentre-toi sur ton objectif. Chaque enjambée te rapproche de lui. Il faut y croire. Tiens bon !

La jeune fille montait en altitude et les dénivelés l'épuisaient encore davantage. Les pentes la faisaient transpirer malgré l'air devenu légèrement plus frais. Trop peu à son goût. Elle aurait souhaité voir de la neige. Elle ignorait que cela faisait déjà presque une décennie que la montagne n'avait pas revêtu de manteau blanc à cause des températures élevées. Ses parents lui avaient décrit plusieurs fois la magie des flocons, la texture de la poudreuse, le blanc immaculé, le froid dans le cou et les bonhommes faits de glace avec une carotte en guise de nez, mais elle n'avait jamais vraiment réussi à se figurer tout ça à la fois. À côté d'elle, Max commençait lui-aussi à traîner la patte, marchant au même rythme que sa maîtresse. Ils progressaient doucement à présent. Lorsqu'Alice titubait sous le poids de son sac devenu bien lourd, elle se raccrochait au dos du chien pour retrouver son équilibre. Max, son molosse, sa béquille.

La jeune fille livrait un vrai combat intérieur. Elle pensait se sentir de plus en plus légère au fil du chemin, mais ses pensées ne la laissaient pas en paix. Une vague de terreur l'envahit et elle s'arrêta un instant, le souffle court, se forçant à respirer profondément. Cela ne suffit pas, elle dût s'asseoir sur une grosse pierre plate, le regard affolé, la tête entre les mains. Crise d'angoisse. Elle appuya fort sur ses tempes pour empêcher ses larmes de couler. Elle ne pouvait pas abandonner maintenant. Pour se ressaisir, elle contempla l'horizon depuis son perchoir à flanc de montagne. Les nuages diaphanes lui renvoyaient des images de souvenirs. Elle voyait précisément les visages de ses parents, de Lucas, Marylin, Ben et Thomas, Rose et Raymond. Tous lui apparaissaient clairement avant de disparaître tandis que les nuages s'effilochaient. Elle porta son regard sur la vallée en contrebas qui se déployait comme un vaste tapis brodé de collines veloutées et de ruisseaux cachés. Le parfum des pins lui parvenait depuis les hauteurs et Alice, immobile, se laissait bercer par l'harmonie de cette nature et par le grand souffle du monde. Elle finit par se relever, un peu revigorée, et reprit sa marche lente de zombie, portée par l'espoir et l'amour pour son frère.

Cela faisait maintenant une dizaine d'heures qu'Alice était partie de chez Alan. La nuit tombait petit à petit, très claire, une grosse lune toute ronde éclairant le sentier devant elle. Les étoiles commençaient à poindre ici et là, les plus brillantes jouant des coudes pour se mettre en avant. Les plus discrètes, qu'on ne discernait pas encore, dissimulaient leurs secrets au sein de la Voie lactée. Telles des veilleuses, elles transmettaient un peu de paix et de quiétude à Alice qui leva la tête pour se laisser envelopper par l'immensité de la nuit naissante. Un moment plein de sérénité qu'elle savait temporaire, tel le calme avant la tempête. Elle composa rapidement un haïku qu'elle dédia à son frère.

Silence d'étoiles,

Sous le vent frais,

Un pas vers l'ombre.

Elle se souvint de ce jeu entre eux, assis en tailleur dans le salon, et leurs parents qui votaient pour les plus beaux vers de leurs enfants. Cela lui fit mal, elle avait le sentiment que c'était il y a mille ans. Soudain, un bruit la fit sursauter. On aurait dit… un bébé qui pleure. Elle s'élança dans cette direction avec le fusil à la main. Une bourrasque lui ébouriffa les cheveux et le son résonna à proximité. C'est alors qu'elle comprit que le vent lui jouait des tours, à elle, à ses nerfs à vif et son imagination débordante. Devant elle se tenait un arbre au tronc penché dont les branches agitées gémissaient, reproduisant à la perfection la plainte d'un nourrisson. Elle remit l'arme en bandoulière et tourna sur elle-même pour retrouver son chemin. Elle se trouvait encore au pied de la montagne, mais dans un endroit plus dégagé, où les cimes des hêtres s'espaçaient. C'est dans cette trouée qu'elle aperçut un vieux panneau en bois recouvert de mousse et de lichen. Alice dut plisser les yeux pour déchiffrer l'inscription à moitié lisible qui indiquait : "Refuge". Un soupir de soulagement échappa à Alice. Il était grand temps de se reposer.

30

Alice n'avait même pas pris la peine de se déshabiller et s'était endormie profondément dans une des chambres du refuge, laissant Max devant sa porte pour qu'il l'avertisse en cas de danger. Elle avait tout de même pris quelques précautions avant d'entrer, en faisant le tour complet du bâtiment, profitant de l'obscurité pour se camoufler. Elle avait lancé des cailloux sur les fenêtres en se cachant derrière le récupérateur d'eau de pluie et attendu un peu. Elle n'avait pas vu de lumière ni entendu aucun bruit provenant de l'intérieur. Elle avait ouvert la porte d'un coup sec en restant plaquée contre le mur, au cas où on l'attaquerait. Elle s'était avancée prudemment dans la pièce principale, mais le refuge était bel et bien vide. Épuisée par l'effort colossal de cette longue journée de marche et par ses émotions, elle n'avait mis que quelques secondes avant de se laisser happer par le sommeil.

« Alice, t'es où ? Viens vite ! »

En entendant la voix de son frère, Alice bondit vers la montagne. Tout en haut de la crête, elle vit un voile lumineux qui accentuait les couleurs aux alentours. Elle sentait qu'elle devait suivre cette direction, comme si on la guidait. Sous ses pieds, le sol paraissait vivant, les rochers se mouvaient tout seuls en vibrant. Le timbre clair et familier de Lucas lui parvint à nouveau aux oreilles. Joyeux, insouciant.

« Alice, par ici ! Qu'est-ce que tu attends ? Dépêche-toi ! »

Elle sursauta et se tourna instinctivement vers une corniche. Son frère était là, à quelques mètres d'elle, vêtu d'un sweat bleu, les cheveux en bataille et les joues rouges. C'était bien lui, mais différent. Plus âgé, plus grand, plus mature. Il la regardait avec un grand sourire malicieux en levant un pouce en l'air.

« Dis donc, t'en as mis du temps. Je t'attendais. T'as vu ? J'ai réussi ! »

Elle s'élança pour le prendre dans ses bras, mais les contours devinrent soudainement flous autour d'elle. Plus elle avançait, plus le décor se transformait. Elle se heurta à un mur de roche gigantesque, sur lequel Lucas se tenait, comme un point minuscule.

« Viens, Alice, c'est facile ! »

Portée par une force qui n'était pas la sienne, Alice grimpa cette muraille verticale sans difficulté. Parvenue en haut, son frère lui tendit la main. Au moment de la saisir, la montagne s'ouvrit en deux comme un livre et la façade de pierre s'effondra. Les enfants chutèrent et atterrirent ensemble dans le gouffre. Alice se releva, s'épousseta et ne put contenir un cri de soulagement en voyant Lucas debout à ses côtés. Fatigué, vieilli, mais bien vivant. Alice le serra fort contre elle. Enfin. Ils étaient là, ils s'étaient retrouvés, au Mont Canigou. Ensemble, comme ils l'avaient promis.

« Je savais que t'allais venir, grande sœur ! »

Dans le refuge, Alice ouvrit doucement les yeux, désireuse de prolonger son rêve encore un peu. L'appel de Lucas faisait toujours écho dans sa tête. Elle s'adossa contre l'oreiller, les muscles courbaturés de la veille et profondément affectée par ce message que le destin lui envoyait. Du moins, c'était comme cela qu'elle percevait le songe. C'était un signe, une preuve, une intuition. Non… une certitude, une promesse. Lucas était là-haut.

Alice réveilla Max, qui s'étira en baillant avant de se secouer, et descendit dans la salle principale dont le sol était constitué d'un parquet inégal. Quelques livres aux pages arrachées ou cornées trônaient sur une table basse en bois. Des objets hétéroclites moisissaient sur des étagères et de vieux ustensiles de cuisine trainaient encore dans les tiroirs. C'était une pièce vétuste et rudimentaire, mais qui paraissait chaleureuse malgré les stigmates du temps. Un cantou recouvrait presque tout le mur du fond, tel un roi dominant l'espace et surveillant ses invités. À côté du foyer, un canapé aux coussins défraîchis proposait un peu de confort. Alice s'y posa pour manger les biscuits secs d'Alan, puis elle remplit sa gourde, enfila ses chaussures, vérifia son sac et prit une grande inspiration. Il était temps d'y aller. Lucas l'attendait.

« J'arrive, petit frère. »

31

L'aube venait à peine de s'éveiller et le soleil, paresseux, prenait le temps de se réchauffer avant de daigner étirer ses rayons. Le brouillard en avait profité pour tout engloutir, en attendant d'être chassé. Alice se retourna vers le refuge qu'elle n'avait pas pu distinguer en arrivant la veille dans le noir. C'était un bâtiment imposant, au charme un peu rude, façonné pour résister aux éléments. Le bois des volets, d'un vert fané et écaillé, contrastait avec les murs en pierre sombre. L'endroit n'avait été entretenu depuis bien longtemps, mais cela n'enlevait rien à la beauté brute des lieux. Un escalier menait au perron, aux marches parfois bancales comme si elles avaient été reconstruites plusieurs fois à la hâte, avec du mauvais matériel ou par une personne dont le talent n'était clairement pas le bricolage. Une vieille rampe en métal rouillé n'inspirait pas confiance et paraissait prête à se détacher au moindre choc. Sur le toit, des panneaux solaires étaient fixés, dont l'état était lamentable. Certains étaient brisés, d'autres recouverts de mousse et de poussière.

Alice chercha autour d'elle le moyen le plus court d'atteindre le haut de la montagne. Elle pensait savoir où elle se situait, mais difficile d'en avoir le cœur net sans carte. Il ne lui restait plus que la grande ascension jusqu'au sommet. Moins de deux heures, selon elle. Elle n'en revenait pas d'être arrivée jusqu'ici. Elle allait réaliser le rêve de ses parents.

Elle donnerait tout à cet instant pour être accompagnée de son frère, pour tenir sa promesse au lieu d'en subir le fardeau.

La jeune fille repéra un passage à pic bordé de pins et de pierres, qu'elle pourrait rejoindre. Elle perdrait moins de temps en allant tout droit qu'en serpentant sur les anciens sentiers de randonnées. Elle se lança sur cette pente très escarpée, devant se pencher en avant et prendre appui sur ses cuisses pour grimper. La végétation se faisait de plus en plus clairsemée en montant et à certains endroits les pierres se resserraient, formant un passage étroit où Alice et Max se glissaient l'un après l'autre. Heureusement, le brouillard qui avait ralenti le début de leur progression s'était dissipé.

Après une demi-heure d'efforts, Alice tomba sur un éboulement massif, un chaos de roches entassées les unes sur les autres, rendant le passage impossible. Elle tenta de grimper par-dessus, mais ce n'était pas suffisamment stable. Les pierres effondrées avaient laissé un trou dans la paroi à sa gauche, créant une sorte d'arche naturelle. Alice décida de s'y engager pour prendre de la hauteur afin de repérer les lieux et voir si c'était possible de continuer en contournant l'éboulement. Elle s'accrocha à une prise dans la paroi, testant sa solidité avant de hisser son poids. Ce n'était pas très haut, mais chaque mouvement faisait dévaler des éclats de roche. Elle se concentra sur son souffle. Elle n'avait pas le droit de tomber. Pas maintenant. Max, ne pouvant pas suivre sa maîtresse, geignait en griffant le sol, nerveux.

« Attends, Max. Pas bouger. Je vais juste voir de l'autre côté », lui ordonna-t-elle.

Elle atteignit le haut de la brèche, les doigts écorchés et les jambes tremblantes. Max aboyait maintenant sans relâche en sautillant sur place et en tournant en rond, paniqué à l'idée d'être laissé derrière.

« Attends, j'ai dit ! Je regarde et je redescends tout de suite », lui cria-t-elle pour le rassurer.

Alice s'avança de quelques pas sur l'arche et se repéra. Au-delà de l'éboulement, la pente était à nouveau praticable et menait à un escalier qu'elle reconnut immédiatement. Ses parents lui en avaient parlé, c'était par-là qu'ils voulaient entreprendre leur ascension jusqu'au sommet : la fameuse « Cheminée ». Ce passage sacré qui les faisait rêver. « Ce sera une épreuve où notre corps et notre esprit se confronteront à la montagne », disait Leonardo à Juliette. Et aujourd'hui, cet escalier de pierre mythique mènerait leur fille vers les hauteurs.

Plongée dans ses souvenirs, Alice n'avait pas prêté attention aux aboiements qui avaient cessé, ni aux halètements du chien sautant de rocher en rocher pour rejoindre désespérément sa maîtresse. C'est le bruit du roulement, comme un tremblement de terre, qui la sortit de ses pensées. Elle ne vit pas la chute, rapide et brutale. Mais elle entendit le craquement.

Suivi du hurlement de douleur. Alice fit volte-face et se pencha par-dessus le bord de l'arche.

« MAX ! »

Le molosse était retombé en contrebas. Il gisait sur le flanc, l'arrière-train coincé sous un rocher. L'estomac d'Alice se tordit tandis qu'elle redescendit en catastrophe, manquant de se tordre la cheville.

« Non, non, non… Oh, mon chien. Je suis désolée. Ça va aller, je suis là », chuchotait-elle à Max en essayant de garder son calme pour ne pas le stresser davantage.

Le Cane Corso gémissait faiblement, mais en continu, le regard affolé et le corps secoué de petits spasmes. Alice entreprit de retirer la grosse pierre. Elle réussit à la soulever en poussant à deux mains et à la balancer sur le côté. Aussitôt, Max voulut se redresser, mais couina avant de se rallonger. Il leva des yeux penauds sur Alice, la tête basse, comme s'il voulait s'excuser. La jeune fille le caressa tout en observant les dégâts. Il avait l'air d'avoir la patte arrière droite cassée, ainsi que plusieurs égratignures. L'os ne présentait pas d'angle bizarre, ne perçait pas à travers la peau et le membre n'était pas tordu, simplement enflé, ce qui était plutôt bon signe. Pour le reste, elle n'était pas sûre.

« Je crois que tu n'as qu'une fracture simple, mon grand. Tu t'en remettras, ça va le faire », lui dit-elle en lui gratouillant les oreilles.

Malgré son état, le chien remua deux fois la queue contre le sol et cela fit sourire Alice qui ouvrit son sac en réfléchissant au meilleur moyen de l'aider. Elle y gardait toujours de quoi préparer un feu : trois bâtons pour former un trépied et quelques brindilles pour les glisser en dessous. Elle coupa l'un des bâtons avec sa machette pour qu'il corresponde à la taille de la patte du chien et sortit la dernière bande de crêpe qui datait de leur départ du village. Elle fixa cette attelle de fortune du mieux qu'elle put pour stabiliser la patte. Max grogna de douleur, mais se laissa faire. Il respirait fort, la langue pendante, et Alice sortit sa petite casserole qu'elle remplit d'eau. Le chien happa le liquide quasiment sans s'arrêter, reconnaissant.

« Et maintenant ? » se demanda-t-elle en fermant les yeux.

Elle devait continuer pour aller chercher Lucas, mais elle ne pouvait pas contraindre Max à la suivre dans ces conditions. Même s'il s'était relevé, elle voyait bien qu'il souffrait en claudicant sur ses trois pattes. Et le chemin était encore long et difficile, alors que le refuge n'était finalement pas si loin… Alice se fit une raison. Il fallait rebrousser chemin pour mettre Max à l'abri et le forcer au repos, le temps qu'elle continue son ascension, seule au monde cette fois.

32

Alice se forçait à ralentir et à faire des pauses régulières pour s'adapter au rythme lent de son chien et lui laisser le temps de la rattraper. Au départ, l'attelle avait l'air de le gêner et il la regardait tous les trois pas, mais il s'y habitua vite. Au bout de dix minutes, sa nouvelle démarche paraissait presque naturelle et il ne gémissait plus. La pente abrupte facilitait leur descente, même s'ils glissèrent plus d'une fois.

Une fois revenus au refuge, Max se coucha de lui-même sur le petit paillasson élimé près de la porte d'entrée. Lui qui s'étalait d'habitude comme une grenouille, les pattes étirées en arrière, était obligé de rester sur le flanc gauche. Il lécha un peu sa patte bandée, abattu, toute son énergie envolée. Alice le recouvrit avec la couverture de survie, se blâmant de ne pas l'avoir mise dans le sac de Lucas plutôt que le sien. Si elle avait su qu'ils seraient séparés… Elle utilisa à nouveau la casserole pour y verser une boîte de raviolis, pour remonter le moral et redonner des forces au chien. Elle saupoudra ce repas d'ortie en poudre provenant d'un petit flacon de Marilyn. Elle n'était pas certaine de l'efficacité sur une fracture, mais savait que c'était aussi bon pour les animaux que pour les humains. Puis, elle se passa de l'eau sur le visage et remplit une nouvelle fois sa gourde, avant d'ouvrir grand la fenêtre pour que le molosse dispose d'air frais et d'odeurs intéressantes venant du dehors.

« Tu vas rester un peu ici, Max. Tu vas veiller sur ce petit havre de paix. À moins que ce ne soit l'inverse. Après tout, on n'y est pas si mal, hein ? On y passera un peu de temps à mon retour avec Lucas, jusqu'à ce que tu te rétablisses. On ira chasser et poser des pièges pour manger si besoin. En attendant, tout ce que tu as à faire, c'est récupérer, d'accord ? »

Alice lui gratta le ventre avant de se relever, ajusta la bandoulière du fusil et remonta les bretelles de son sac, déjà prête à repartir. Elle se retourna une dernière fois vers le Cane Corso qui geignit et bailla, ne voulant pas rester seul.

« Je ne peux pas t'emmener, mon grand. Pas bouger. Je reviens vite. »

Elle sortit et s'éloigna, le cœur lourd. À l'intérieur, Max releva la tête, scruta la porte fermée et soupira. L'inquiétude le rongeait, l'absence lui pesait déjà. Il avait toujours veillé sur Alice depuis leur rencontre. Il voulait courir à sa suite, la retrouver et la protéger. Mais chaque tentative pour se redresser envoyait une décharge électrique à travers son membre postérieur meurtri. Il tendit le cou et sentit l'herbe sèche qui tentait de croître à travers le sol craquelé, ainsi qu'un petit animal qui passait au loin, trottinant pour se cacher. Et surtout, les effluves de sa maîtresse de moins en moins perceptibles. Il ferma les yeux et cessa de respirer un instant pour se concentrer sur le moindre son qui annoncerait son retour. Rien.

De son côté, Alice reprit le même chemin, serrant les dents, avec l'impression que chaque minute prenait un malin plaisir à égrener ses secondes avec parcimonie. Elle se retrouva au même endroit qu'un peu plus tôt, mais pouvait à présent passer au-dessus de l'éboulement, Max ayant entrainé la pyramide de pierres avec lui dans sa chute. L'éboulis s'était bien affaissé avec ce glissement de terrain imprévu causé par le chien. Elle l'enjamba toutefois prudemment, prenant garde à ne pas dégringoler à son tour. Plus loin l'attendait le passage de la cheminée du Canigou. L'escalier raide était taillé directement dans la roche, grossièrement. Les jambes d'Alice commençaient à fatiguer, mais elle escalada les grandes marches de schistes irrégulières, en mesurant chaque effort et en calculant chaque mouvement pour défier le dénivelé qui s'accentuait. Une dernière épreuve. Le sommet n'était plus très loin, elle le sentait, encore quelques dizaines de mètres à surmonter. Elle ne pensait qu'à avancer le plus rapidement possible. Pour retrouver Lucas. Pour tenir sa promesse. Pour réaliser le rêve de ses parents. Pour revenir auprès de Max. Pour rentrer à la maison. Pour revoir Marilyn.

Lorsqu'elle atteignit enfin le sommet du pic, Alice reprit son souffle en observant le panorama grandiose comprenant la vallée ancienne, l'étendue rocheuse sauvage de la crête, la majesté silencieuse des montagnes et même la mer Méditerranée au loin. Cette vision paraissait presque irréelle sous la lumière douce du milieu de matinée. Elle se permit un bref instant de contemplation et ressentit une fusion avec la nature qui l'encerclait de toutes parts, comme si tout ce qu'elle avait enduré se dissipait dans l'espace infini. Alice sourit tristement à l'idée qu'elle était seule, sans personne pour partager ce moment. Elle repéra la grande croix en fer forgé mesurant presque deux mètres, ce symbole du Canigou marquant la fin de son ascension. Elle s'y dirigea, toutes ses pensées désormais focalisées sur son petit frère.

33

Partie. Elle est partie. Non, non, non. Y aller. Me lever.

Aaaïe ! La patte. Gémissement. Pose, Pousse... non, trop mal. Couché. Mais... elle est dehors. Seule. Sans moi. Pourquoi ?

Stressé. Halète beaucoup. Respire fort. Comme pour courir.

Reste au sol. Odeur de bois. De vieux objets. De sang. Mon sang ? Lèche, lèche, répare.

Je reviens vite. Elle l'a dit. Des mots doux. Et des mots qui piquent...

C'est quand, vite ? Pas maintenant. Pas assez. Pas tout de suite.

Écoute. La grande cabane. Ça grince, ça gratte.

Aboie. Non, chut. Pas aboie. Attends. Pas bouger. Elle l'a dit.

Elle cherche. Lucas. Senti, reniflé, suivi. Pas trouvé. Juste papier sous la porte. Bon chien quand même. Cherche encore.

Où est-elle ? Debout. Il faut. Y aller. Me lever.

De l'air. Par la fenêtre. Un peu de vent. Ça sent elle.

Et autre chose. Parfum connu. Le maillot. Oui. Un peu. Trop loin. Le petit mâle.

34

Alice avait beau scruter les alentours tout en marchant jusqu'à la croix, fouiller l'horizon des yeux, chercher des indices ou des signes de la présence de son frère… elle ne le voyait nulle part. Elle finit par crier son nom pour indiquer sa position, sa respiration de plus en plus saccadée par la peur qui s'infiltrait en elle.

« Lucas ! Lucas, c'est moi ! Où es-tu ? »

Aucune réponse.

Il ne devait pas être bien loin. Il était forcément là. Et il aurait tant de choses à raconter à sa sœur : ce qui s'était passé après leur séparation au supermarché, le chemin parcouru pour arriver jusqu'ici, les éventuelles rencontres en chemin, la survie, la marche…

Pourtant, l'intuition qui la poussait depuis le rêve qu'elle avait fait était en train de l'abandonner. Après tout, Lucas n'était qu'un petit garçon de dix ans. Et s'il avait été contraint de faire demi-tour ? S'il s'était découragé ? S'il n'avait pas réussi à vaincre la fatigue, à surpasser les obstacles ? S'il n'avait pas trouvé son chemin ? S'il n'avait jamais atteint la montagne ? S'il avait fait face à un danger ? S'il s'était blessé ? S'il ne l'avait pas attendue ? S'il était déjà reparti, parce qu'elle avait été trop longue à le rejoindre ?

Toutes ces questions fusaient dans son cerveau en ébullition.

Une fois sur place, elle s'agrippa au fer de la croix comme à une bouée de sauvetage, posant son front contre le métal froid. Son regard fut alors attiré par un petit boîtier rectangulaire qui reposait près du socle. Un vide glaçant se creusa dans tout son corps, broyant ses os pour se faire de la place.

Alice s'accroupit en tremblant et s'empara de l'objet.

Le dictaphone de Lucas.

Sans réfléchir, elle appuya sur le bouton « Play ».

35

Elle entendit d'abord sa propre voix et reconnut la chanson enregistrée pour son frère.

Petit frère, prends ma main, viens,

Sous le ciel bleu, loin des chagrins,

Le vent danse avec les fleurs,

On sera forts, n'aie pas peur.

Quand la tempête rugira, je serai là,

Comme la montagne, je ne tremblerai pas.

Le monde est vaste, mais ne t'inquiète pas,

On s'aime assez pour franchir tout ça.

Sous les étoiles ou dans les champs,

Notre lien est un …

Tout à coup, au milieu du dernier couplet, un grésillement bref. Puis, sa poitrine se comprima lorsqu'elle entendit une voix affolée. Celle de Lucas.

« Alice, je... je suis tout seul... Pourquoi t'es pas venue ? Tu n'es pas morte, pas vrai ? J'ai peur. Il y a plein de bruits, la nuit. Je veux rentrer à la maison. Je ne savais pas que... que ça serait aussi dur. J'aurais dû rester à Ille-sur-Têt. Mais je me suis enfui. Et je ne t'ai même pas aidée… C'était tellement lâche. Je...

je suis désolé. Alice, pourquoi tu m'as laissé ? Tu n'es pas morte… si ? »

Alice sentait la peur transpirer à travers ces mots entrecoupés de sanglots. Elle écoutait cet appel à l'aide, le visage pâle et les jambes en coton, sans arriver à parfaitement réaliser. Un long blanc s'ensuivit et Alice crut que c'était la fin de l'enregistrement, mais la bande audio crépita une dernière fois. Une toute petite voix reprit faiblement :

« Je suis blessé, mais j'ai quand même attendu. Tu devrais être là, maintenant. Je t'aime, grande sœur… Je dois te retrouver. Je veux pas rester tout seul. Oh, Papa… Maman… »

Le dictaphone s'arrêta pour de bon et Alice tenta de ralentir son souffle, écrasée par l'angoisse qui titillait sa cage thoracique. Elle s'éloigna de la croix et scruta le sommet dans toutes les directions. Pas de corps, pas de traces, pas un indice.

Tu étais là… Et maintenant ? Est-ce que tu es reparti ? Où ça ? Je vais venir te chercher. Comment as-tu pu penser que je t'avais abandonné ? Jamais de la vie. Je ne sais pas ce qui s'est passé, ni quel chemin tu as emprunté, mais je te retrouverai. Quoi qu'il m'en coûte. Tu es blessé… à quel point ? Oh Lucas… Tu n'es pas mort, pas vrai ?

« Lucas ?! Je suis là ! Si tu m'entends, suis ma voix ! »

Son cri se perdit dans le vide. Le vent se leva un instant pour balayer la crête et s'enrouler dans ses cheveux détachés, comme pour lui répondre. Elle tenait toujours fermement le dictaphone, ne voulant pas briser la seule connexion fragile qui lui restait avec son frère. Elle s'effondra à genoux, submergée par la tristesse, prostrée sous le poids des idées noires.

Lucas, est-ce que tu as au moins soigné ta blessure ? Tu as su nettoyer la plaie et improviser un bandage ? Tu es juste tombé et tes coudes se sont écorchés. Ce n'est rien. Rien du tout. Une pierre s'est décrochée et a ouvert ton arcade. Compresse, ça saigne beaucoup, mais il suffira de recoudre. Tu as dégringolé dans un ravin et ton bras est cassé. Immobilise-le, l'os va se ressouder. Tu as fait une mauvaise rencontre et on t'a poignardé, tiré dessus, transpercé d'une flèche, coupé un doigt... Non, non, non. Rien de grave. Rien de grave, ou je ne me le pardonnerais jamais. Tu n'es pas mort... si ?

Alice se redressa, la gorge nouée. Peut-être qu'il était là, tout près, agonisant dans une crevasse ou coincé dans un recoin que la montagne ne voulait pas lui révéler. Peut-être était-il devenu le fantôme du Mont Canigou, veillant sur le rêve brisé de ses parents et sur cette montagne majestueuse qui lui paraissait à présent inhospitalière, implacable, impitoyable. Indifférente et insensible face à son malheur. Elle avait envie de souffler dessus et qu'elle s'écroule comme un château de cartes.

C'était sa faute. Le destin de son frère était lié à sa propre incapacité à le sauver. Elle aurait dû être là pour lui. Elle aurait dû être plus rapide, plus forte, plus attentive. Elle aurait dû être plus prudente, plus prévoyante, plus futée. Elle se répétait ces pensées, encore et encore. La culpabilité s'engouffrait dans son esprit, transformant sa douleur en un gouffre sans fin. La jeune fille regarda ses mains sèches et tremblantes. Des mains qui ont tenté de protéger, sans y parvenir. Des mains qui ont échoué.

« Je n'ai pas su veiller sur lui. Pardonne-moi, maman… »

Alice ferma les yeux et grelotta. La température extérieure n'avait pas baissé, c'était quelque chose en dedans. Un abîme glacial au fond d'elle. L'abandon. Cet horrible sentiment que Lucas a dû ressentir en l'attendant. Cela la rendait malade. Elle serra les poings.

J'avais un but, une direction, une quête. J'étais portée par l'amour, par l'optimisme, par l'espoir. Et ça ne m'a menée nulle part. J'ai cru pouvoir maîtriser un monde que je ne comprends même pas. Comment j'ai pu me croire à la hauteur ? Tout était perdu d'avance.

Elle posa ses mains sur le sol, cherchant à y ancrer son malaise, pour s'en débarrasser et retrouver quelque chose de tangible.

Pourquoi ? Pourquoi la vie inflige ça à ceux qui essaient, qui font de leur mieux, qui aiment et qui se battent ? Pourquoi la cruauté a croisé notre route ? Pourquoi le sort s'acharne ? Putain, mais qu'est-ce qu'on a fait pour mériter ça ? Et cette foutue vie qui continue, sans pitié, sans remords. Un tourbillon qui emporte tout. Qui ne veut même pas nous laisser crever quand plus rien n'a de sens. Une succession d'événements qui mènent au chaos et au silence éternel.

Elle se redressa d'un coup et essuya ses yeux humides. Prise d'une impulsion, elle chargea son fusil et tira en l'air. La détonation se répercuta longtemps en écho, comme un grondement d'orage passant le message de son désespoir de sommet en sommet, sur toute la chaîne pyrénéenne.

« LUCAS !!! »

Alice chercha dans les environs, concentrée pour ne rien rater, vérifiant jusqu'au moindre interstice, quand bien même Lucas n'aurait jamais pu s'y glisser. Elle leva la tête au cas où des charognards auraient déniché une dépouille à dévorer. Heureusement, pas un oiseau en vue malgré l'immensité du lieu. Elle se sentait minuscule et minable, avançant sans repères, petit point perdu dans ces méandres rocailleux. Elle fouillait les alentours sans se rendre compte qu'elle repassait plusieurs fois aux mêmes endroits.

Elle se trouva ridicule à inspecter le chemin principal pour repérer des cailloux que Lucas aurait disposés à égale distance les uns des autres. En vain. Il n'était pas un Petit Poucet, juste un petit frère. Et elle n'était même pas sûre que Lucas connaisse le conte que lui racontait sa mère quand il n'était pas encore né. Mais bon sang, pourquoi n'y avait-il aucun signe ? Des morceaux de sa carte coincés sous une pierre, des vêtements abandonnés, des restes d'emballages ? Il n'avait pas pu se volatiliser… Ou peut-être que la montagne avait décidé de garder son frère, parce qu'elle conservait tout ce qui montait à sa rencontre, les âmes perdues, leurs projets, leurs désirs et leurs espérances.

Hagarde, Alice tituba avant de s'asseoir pour contempler à nouveau l'horizon. Cette fois, elle ne perçut que les ruines d'un monde en fin de vie. La vallée en contrebas s'étendait comme un cadavre éventré aux routes fissurées et aux incendies oubliés. Les cimes des autres montagnes, se découpant dans l'infini du ciel, n'étaient que des carcasses sur lesquelles poussaient des arbres décharnés, tendant leurs branches maigres et suppliantes vers les cieux pour appeler à l'aide. Le vent, aigre et sec, portait une odeur de décrépitude. Là où jadis coulaient des rivières, il ne restait que des lits asséchés, striés de craquelures, où les pierres assoiffées gisaient telles des os blanchis. Ce paysage décharné n'avait plus rien de vivant, tout comme elle.

Alice entendit encore quelques explosions au loin, sa seule constante toujours inexpliquée. Elle serra ses genoux contre elle et c'est alors qu'elle sentit une présence discrète, derrière son dos. Comme un regard appuyé qui fit frissonner toute sa colonne vertébrale, depuis sa nuque jusqu'au coccyx. Elle ne sortit pas la machette de son fourreau. Non pas parce qu'elle était trop désespérée pour cela. Seulement, son instinct lui signalait qu'elle n'avait rien à craindre. Au contraire. Alice se retourna, lentement, les paupières à peine entrouvertes pour prolonger le moment. Comme si ne pas regarder directement allait maintenir l'instant intact et augmenter les chances de réaliser son souhait.

« Lucas, Lucas, Lucas… Pitié, que ce soit toi », priait-elle intérieurement.

Un filet de lumière révélait une grande forme floue, hésitante, chancelante. Alice retint sa respiration et son cœur s'emballa. À travers ses yeux toujours mi-clos, elle discerna mieux les contours de la silhouette instable qui continuait de se rapprocher. L'image sur sa rétine se fit plus nette et le mirage s'effaça. Ce n'était pas Lucas. C'était son chien.

Pataud, épuisé, Max se traîna avec sa patte blessée jusqu'à Alice et s'assit à ses côtés. Il l'avait suivie jusqu'ici, malgré sa blessure et son attelle de travers depuis qu'il avait sauté par la fenêtre pour la retrouver. Il n'apportait pas de réponse à la disparition de Lucas, mais il était là, le regard empli d'un amour simple et infini. Il semblait comprendre et partager silencieusement le chagrin de sa maîtresse dont il lécha le visage encore mouillé de larmes, tout en pressant son museau contre sa joue.

Alice était partagée entre le réconfort apporté par son fidèle compagnon de route et la déception de voir un nouvel espoir s'envoler. Parce qu'elle y avait cru, pendant quelques secondes. Alors elle enfouit son visage contre l'encolure de Max et le prit dans ses bras, serrant son corps contre le sien pour s'y raccrocher, pour ne pas sombrer. Son soutien comme un baume. Seuls au monde, au sommet du Mont Canigou. Non, pas seuls. Ensemble. Deux êtres unis dans leur souffrance, bien que leurs plaies soient différentes.

La jeune fille prit soudain conscience que la montagne n'était pas son ennemie. Elle les entourait et les enveloppait d'une aura douce. Ce n'était pas une entité distante et impassible, mais une déesse, vieille de millions d'années, qui chaperonnait le monde rude et sauvage à ses pieds. Alice pouvait se détendre désormais. La montagne, telle une mère, veillait sur elle. Veillait sur eux.

Un humain et un chien, soudés dans une étreinte qui ne nécessitait aucun mot.

www.ingramcontent.com/pod-product-compliance
Lightning Source LLC
Chambersburg PA
CBHW021946120726
47992CB00001B/163